Historias
de miedo
3

Relatos aterradores para helarte la sangre

P
U
N
T
O

D
E

E
N
C
U
E
N
T
R
O

Recogidas del folclore norteamericano por

Alvin Schwartz

Ilustrado por Stephen Gammell

Historias
de miedo
3

Relatos aterradores para helarte la sangre

EVEREST

Dirección Editorial: Raquel López Varela
Coordinación Editorial: Ana María García Alonso
Maquetación: Cristina A. Rejas Manzanera

Título Original: *Scary Stories 3: More Tales to Chill Your Bones*
Traducción: Alberto Jiménez Rioja
Diseño de cubierta: Jesús Cruz

Text copyright © 1991 by Alvin Schwartz
Illustrations copyright © 1991 by Stephen Gammell
© EDITORIAL EVEREST, S. A.
Carretera León-La Coruña, km 5 - LEÓN
ISBN: 84-241-8664-8
Depósito legal: LE. 931-2003
Printed in Spain - Impreso en España

EDITORIAL EVERGRÁFICAS, S. L.
Carretera León-La Coruña, km 5
LEÓN (España)
www.everest.es

"La niña loba" está basada en parte en "The Lobo Girl of Devil's River'", de L. D. Bertillion, en
Straight Texas, Publications of the Texas Folklore Society, XIII, 1937.
"El cerdo" es una adaptación de una anécdota sin título en *Bluenose Ghosts*, de Helen Creigh-
ton. Usado con el permiso de McGraw-Hill Ryerson Limited, Toronto. © 1957 by The Ryerson
Press.

A Justin

El Bú

La chica llegaba tarde a cenar, por eso tomó un atajo por el cementerio. Pero ¡caray!, qué nerviosa se estaba poniendo. Cuando vio a otra chica delante de ella, aceleró el paso para alcanzarla.

—¿Te importa que vaya contigo? —preguntó—. Me da miedo andar por aquí de noche.

—Te entiendo perfectamente —dijo la otra—. A mí me pasaba lo mismo cuando estaba viva.

Nos dan miedo cosas de todo género. Nos dan miedo los muertos, porque un día estaremos tan difuntos como ellos.

Nos da miedo la oscuridad, porque no sabemos lo que en ella podría acecharnos.

Por la noche nos inquietan el susurro del viento entre las hojas, el crujido de las ramas o el susurro de unas voces. Lo mismo nos sucede si oímos pasos que se acercan o creemos ver extrañas figuras en las sombras: ¿será un ser humano, un gran animal o algo tan terrible que ni siquiera puede concebirse?

A estas criaturas imaginarias que nos dan miedo se las denomina de muchas maneras. En Norteamérica una de esas denominaciones es "Boo man" (el Bú); y, aunque se diga que no son reales, alguna cobra vida de vez en cuando.

Los sucesos insólitos también nos atemorizan. Si oímos que un chico ha sido criado por un animal y que, aun siendo una persona como nosotros, gañe, aúlla y camina a cuatro patas, se nos pone la carne de gallina. Si oímos que unos insectos han anidado en el cuerpo de una persona o que una pesadilla se ha hecho realidad, nos dan escalofríos. Si tales cosas ocurren de verdad, también podrían pasarnos a nosotros.

Las historias de miedo se alimentan de esos temores. Ésta es la tercera recopilación de tales historias que publico. Unas me las han contado personalmente; otras las he hallado, ya escritas, en archivos o en bibliotecas. Como suele ocurrir con las historias que nos cuentan, he narrado las de este libro a mi manera.

Algunas son modernas, otras forman parte de nuestro folclore desde hace muchísimo tiempo, y otras, en fin, no pertenecen ni a una época ni a un lugar concretos. Es el caso de un cuento que yo creía moderno y que titulé "La parada del autobús". Descubrí que se había contado una historia similar en la Roma de hace dos mil años, pero la joven protagonista no se llamaba Joanna, como en nuestro caso, sino Philinnion.

Por otra parte, en las historias narradas de viva voz los detalles pueden cambiar, pero el contenido sigue siendo el mismo. Por ello, lo que una vez dio miedo suele seguir dándolo.

¿Han sucedido de verdad las historias de este libro? La que he llamado "El problema" ocurrió. De las otras sólo puedo decir que la mayoría de ellas contienen, cuando menos, algo de verdad. A veces ocurren cosas muy raras, y la gente necesita hablar de ellas. Al contarlas a su modo pueden, incluso, hacerlas más interesantes.

En nuestros días la mayoría de la gente dice que no cree en fantasmas ni en nada parecido. Pero todavía temen a la oscuridad y a la muerte. Todavía ven espectros acechando en las sombras. Y todavía cuentan historias de miedo, como siempre se ha hecho.

Alvin Schwartz

Cuando llega la muerte

Cuando llega la muerte
lo normal es que la historia termine.
Pero en estas historias
la muerte es sólo el principio.

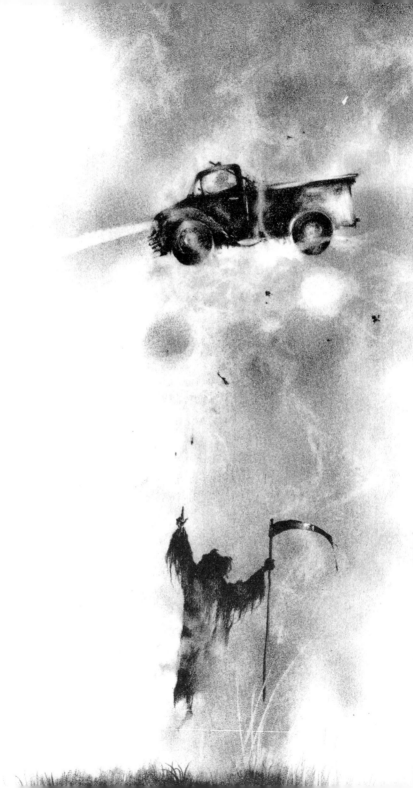

La cita

Un muchacho de dieciséis años trabajaba en el rancho de su abuelo. Una mañana fue al pueblo para hacer un recado, conduciendo una camioneta. Al caminar por la calle principal se encontró con la Muerte frente a él: notó que la sangre se le helaba en las venas al ver que le hacía señas para que se acercara.

Horrorizado, volvió al rancho tan deprisa como pudo y le contó a su abuelo lo que le había pasado.

—Dame la camioneta —le rogó—. Me iré inmediatamente a la ciudad. Allí no me encontrará nunca.

Su abuelo se la dio y el muchacho se marchó a toda prisa. Algo más tarde, su abuelo se encaminó al pueblo para buscar a la Muerte. Al encontrarla le preguntó:

—¿Por qué atemorizaste a mi nieto de ese modo? Sólo tiene dieciséis años. Es demasiado joven para morir.

—Lo siento mucho —dijo la Muerte—. No tuve intención de llamarle. Pero me quedé muy sorprendida al verle aquí. Tengo una cita con él esta tarde… en la ciudad.

La parada del autobús

Ed Cox volvía a casa del trabajo en su coche bajo una gran tormenta. Mientras esperaba en un semáforo vio a una joven sola, de pie, en una parada de autobús. No llevaba paraguas y se estaba empapando.

—¿Vas a Farmington? —le preguntó.

—Sí, allí voy —contestó la joven.

—¿Quieres que te lleve?

—Estupendo —dijo ella, y subió al coche—. Me llamo Joanna Finney. Gracias por rescatarme.

—Yo soy Ed Cox. De nada.

Por el camino hablaron y hablaron. Ella le contó cosas de su familia, de su trabajo, del colegio al que había ido... Él hizo lo mismo. Cuando llegaron a su casa, ya había dejado de llover.

—Me alegro de que estuviera lloviendo —dijo Ed—. ¿Te gustaría salir conmigo mañana, después del trabajo?

—Me encantaría.

Joanna le pidió que la recogiera en la parada del autobús, ya que, según le dijo, estaba cerca de la oficina donde trabajaba. Lo pasaron tan bien que después de aquella primera vez volvieron a salir muchas otras. Siempre se encontraban y se despedían en la parada del autobús. Y Ed se enamoraba un poco más de ella cada vez.

Una noche que tenían una cita, Joanna no apareció. Ed esperó casi una hora.

"Puede que le haya pasado algo", pensó, y se dirigió hacia la casa de Joanna, en Farmington.

Cuando llamó a la puerta, le abrió una mujer mayor.

—Buenas noches, soy Ed Cox —le dijo—. Quizá Joanna le haya hablado de mí. Habíamos quedado esta noche en la parada del autobús que está cerca de su oficina, pero no ha venido. ¿Le ha pasado algo?

La mujer le miró como si no pudiera creer lo que oía.

—Soy la madre de Joanna —dijo lentamente—. Joanna no está. Pero, ¿por qué no entra?

Una vez dentro, Ed señaló una foto que descansaba sobre la repisa de la chimenea.

—Es ella —dijo.

—Fue así una vez —replicó su madre—. Se hizo esa foto cuando tenía más o menos su edad: hace veinte años. Poco después, mientras esperaba el autobús en esa parada, bajo la lluvia, un coche la atropelló y acabó con su vida.

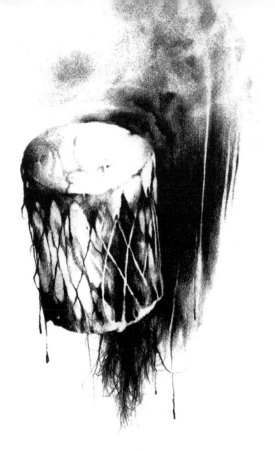

Cada vez más rápido

Sam y su primo Bob paseaban por el bosque. Lo único que se oía era el susurro del viento entre las hojas y, de vez en cuando, el gorjeo de un pájaro.

—¡Qué silencio! —musitó Bob.

Pero el silencio duró poco; unos minutos después los dos chicos empezaron a jugar alegremente, saltando, gritando y persiguiéndose. Sam se escondió detrás de un árbol y cuando Bob pasó a su lado saltó sobre él. Después fue Bob quien se metió, corriendo, detrás de un arbusto; cuando miró al suelo vio, junto a sus pies, un viejo tambor.

—¡Sam! Mira lo que he encontrado —gritó—. ¡Parece un tam-tam! Apuesto a que tiene cien años, por lo menos.

—Pero mira esas manchas rojas de ahí —dijo Sam—. Apuesto a que es la sangre de alguien. Vámonos de aquí.

Pero Bob no pudo resistir probar el tambor. Se sentó en el suelo y lo sostuvo con las piernas. Empezó a golpearlo: primero con una sola mano, luego con ambas; al principio lentamente, después cada vez más rápido, como si no pudiese parar.

De repente, en el bosque, se oyeron gritos y cascos de caballos. Detrás de una hilera de árboles se levantó una nube de polvo y, de ella, surgió un grupo de jinetes que se dirigía hacia ellos al galope.

—¡Bob! ¡Vamos! —gritó Sam y echó a correr—. ¡¡¡Date prisa!!!

Bob tiró el tambor y salió corriendo. Sam oyó la vibración de una cuerda de arco al disparar una flecha y, un instante después, un alarido de dolor. Cuando se dio la vuelta, vio que los jinetes habían desaparecido, y a Bob tendido en el suelo, inmóvil. Se acercó a su primo y comprobó, con horror, que estaba muerto. Pero no vio ninguna flecha por parte alguna, ni encontró heridas en su cuerpo.

Cuando la policía llegó no hallaron ni hombres a caballo, ni huellas de herraduras, ni tambor de ninguna clase.

Lo único que se oía era el susurro del viento entre las hojas y, de vez en cuando, el gorjeo de un pájaro.

Absolutamente cierto

A George Flint le encantaba comer. A mediodía cerraba durante dos horas su tienda de cámaras de fotos y se iba a casa para darse un banquetazo con los manjares que su mujer, Mina, le preparaba.

George era un tipo violento, y Mina una mujer tímida que hacía todo lo que él le pedía, porque le tenía miedo.

Un día, cuando se dirigía a su casa a comer, George se detuvo en la carnicería y compró medio kilo de hígado. Adoraba el hígado. Le pensaba decir a Mina que se lo hiciera para cenar. A pesar de todo lo que la criticaba, no podía negar que era una gran cocinera.

Durante la comida, Mina le contó que una adinerada anciana del pueblo había muerto y que su cuerpo estaba en un ataúd abierto, en la iglesia de al lado. Como de costumbre, George no le hizo el menor caso.

—Tengo que volver al trabajo —dijo.

En cuanto se marchó, Mina comenzó a preparar el hígado. Después de añadirle verduras y especias, lo cocinó a fuego lento durante toda la tarde, como a George le gustaba. Cuando creyó que estaba en su punto, cortó un trocito y lo probó: ¡delicioso! El mejor que había hecho en su vida. Tomó un segundo trozo y después un tercero. Estaba tan bueno que no podía dejar de comer.

Sólo cuando ya no quedaba hígado, se acordó de George. ¿Cuál sería su reacción al ver que se lo había comido todo? Algunos hombres se hubieran reído, pero George no. Se pondría furioso y la maltrataría, y ella no quería pasar por eso otra vez. Pero, ¿dónde podía encontrar hígado a esas horas?

Entonces se acordó de la anciana que yacía en la iglesia de al lado, esperando ser enterrada…

George aseguró que había cenado mejor que nunca.

—Toma un poco de hígado, Mina —dijo—. Está absolutamente delicioso.

—No tengo hambre —respondió ella—. Termínalo tú.

Esa noche, cuando George se hubo dormido, Mina se sentó en la cama intentando leer, pero no podía dejar de pensar en lo que había hecho. Poco después le pareció oír una voz de mujer.

—¿Dónde está mi hígado? —preguntaba—. ¿Quién lo tiene?

¿Eran imaginaciones suyas? ¿Estaba soñando?

Oyó la voz más cerca.

—¿Quién tiene mi hígado? —preguntaba—. ¿Quién lo tiene?

Mina habría querido salir corriendo.

—No, no —susurró—. Yo no lo tengo. Yo no tengo su hígado.

Ahora oyó la voz a su lado.

—¿Quién tiene mi hígado? ¿Quién lo tiene?

Mina, aterrorizada, señaló a George.

—Él —dijo—. ¡Él lo tiene!

Súbitamente, se apagó la luz. George profirió un alarido y luego otro y otro…

Hola, Kate

Tom Connors se dirigía a un baile que se celebraba en un pueblo bastante alejado del suyo. Tenía que recorrer un largo camino campo a través, pero no le importaba. Le encantaba bailar y además hacía una noche muy agradable.

Llevaba poco tiempo caminando, cuando advirtió que una joven le seguía.

"A lo mejor también va al baile", pensó, y se detuvo a esperarla.

Cuando la joven se aproximó, Tom pudo ver que era Kate Faherty. Había bailado con ella muchas veces.

Estuvo a punto de decir "¡Hola, Kate!", pero, de repente recordó con horror que Kate estaba muerta. La estaba viendo allí, elegantemente vestida para el baile y, sin embargo, sabía que había muerto el año anterior. Tom habría querido echar a correr pero, a pesar del miedo que sentía, no le pareció correcto hacerlo.

Sin embargo, le dio la espalda y empezó a caminar tan deprisa como pudo. Kate lo seguía. Atajó por un campo y ella continuó detrás.

Al llegar al pueblo donde se celebraba el baile, la tenía pegada a los talones. Tom trató de escabullirse entre la gente que estaba en la parte exterior del salón de baile. Se abrió camino hacia el edificio y cuando llegó hasta él se aplastó contra la pared detrás de un grupo de personas.

Pero Kate lo siguió. Llegó tan cerca, que chocó contra él y se quedó a su lado, esperando. Tom quería decir "¡Hola, Kate!", como habría dicho de estar ella con vida, pero tenía tanto miedo que no podía articular palabra.

Ella tampoco habló. Sólo lo miró a los ojos intensamente, y… desapareció.

El perro negro

Peter Rothberg vivía solo en una vieja casa de tres plantas. Una noche, hacia las once, estaba en la cama, en su dormitorio del segundo piso. Pero hacía tanto frío que bajó a encender la calefacción.

Mientras subía las escaleras para volver al lecho, vio a un perro negro que bajaba por ellas; pasó a su lado y se desvaneció en la oscuridad.

—Pero tú... ¿de dónde sales? —dijo Peter. Nunca había visto a aquel perro.

Encendió las luces y miró en todas las habitaciones, pero no pudo encontrarlo por parte alguna. Salió de la casa e hizo entrar a los dos perros guardianes que tenía en el patio; una vez dentro se comportaron con absoluta normalidad, como si en la casa no hubiera ningún perro extraño.

La noche siguiente, a las once en punto, Peter oyó un animal dando vueltas por la habitación que estaba encima de su dormitorio. Se precipitó escaleras arriba y abrió la puerta de golpe. La habitación estaba vacía; miró debajo de la cama: nada. Miró dentro del armario: nada. Pero, al volver a su dormitorio y cerrar la puerta, oyó que un perro salía disparado escaleras abajo. Era el perro negro. Trató de seguirlo pero volvió a perderle la pista.

A partir de entonces, oía al perro moviéndose por la habitación de arriba cada noche, a las once en punto. Siempre que subía a mirar la encontraba vacía, pero cuando se iba, el perro salía de su escondrijo, bajaba las escaleras y se esfumaba.

Una noche, un vecino de Peter se quedó con él. Los dos esperaron en el dormitorio. A la hora acostumbrada escucharon al perro corriendo en la habitación de arriba. Poco después, lo oyeron correr hacia la planta baja. Cuando salieron al descansillo, lo vieron al pie de las escaleras, mirando hacia ellos. El vecino silbó y el perro movió el rabo; después, como siempre, desapareció en las sombras.

Todo siguió igual hasta la noche en la que Peter volvió a meter a sus perros en la casa. Pensó que, quizá esta vez, pudieran encontrar al perro negro y echarlo. Justo antes de que dieran las once los subió a su dormitorio y dejó la puerta abierta.

Al poco rato, escuchó cómo el perro negro se movía por el cuarto de arriba. Los perros estiraron las orejas y corrieron hacia la puerta. De repente enseñaron los colmillos y se echaron hacia atrás, gruñendo. Aunque Peter no podía ver ni oír al perro negro, estaba seguro de que había entrado en su dormitorio. Los perros aullaron y rechinaron los dientes, moviéndose nerviosamente hacia delante y hacia atrás.

De repente, uno de ellos lanzó un aullido de dolor. Comenzó a sangrar y cayó al suelo con el cuello desgarrado. Un instante después estaba muerto. El otro retrocedió hasta una esquina del dormitorio y se quedó allí, gañendo lastimeramente. Así acabó todo.

A la noche siguiente el vecino de Peter llegó con una pistola. Esperaron juntos en el dormitorio. A las once en

punto, el perro negro bajó las escaleras hasta la puerta de la habitación y se quedó allí, mirándoles y moviendo el rabo. Cuando se dirigieron hacia él apuntándole con la pistola, gruñó y desapareció.

Esa fue la última vez que Peter lo vio, aunque eso no significó que se hubiera ido. De vez en cuando, siempre a las once en punto, lo escuchaba moverse por la habitación de arriba. Una vez le oyó bajar por las escaleras. Trató de volver a verlo y, aunque nunca lo consiguió, sabía que el perro negro seguía allí.

Pasos

Liz hacía los deberes en la mesa del comedor. Su hermana menor, Sarah, dormía en el piso de arriba. Su madre había salido, pero regresaría enseguida.

Cuando se abrió la puerta principal, Liz gritó:

—¡Hola, mamá! —pero su madre no contestó, y los pasos que Liz oyó no eran como los de mamá, eran más fuertes.

—¿Quién es? —gritó. Nadie contestó. Oyó a quienquiera que fuese cruzar el salón y subir las escaleras hasta el segundo piso.

Liz volvió a gritar:

—¿Quién es?

Los pasos se detuvieron y Liz pensó: "¡Ay, Dios mío! Sarah está en su dormitorio".

Corrió escaleras arriba hasta la habitación de Sarah: allí sólo estaba Sarah y estaba dormida. Liz miró en las otras habitaciones, pero no encontró a nadie. Volvió a bajar al comedor, muerta de miedo.

Muy pronto escuchó pasos otra vez: bajaban las escaleras, entraban en el salón, pasaban por la cocina… la puerta que comunicaba la cocina y el comedor comenzó a abrirse lentamente…

—¡Fuera! —chilló Liz, aterrada.

La puerta se cerró suavemente. Los pasos salieron de la cocina y pasaron por el salón en dirección a la puerta principal. La puerta se abrió y se cerró.

Liz corrió a la ventana para ver quien era. No había nadie a la vista. Tampoco había huellas de pasos en la nieve recién caída.

Como los ojos de los gatos

Ya no podía hacerse más por Jim Brand, que yacía moribundo en su lecho, así que su esposa le dejó con la enfermera y se fue a descansar un rato a la habitación de al lado. De pronto, la señora Brand vio los faros de un vehículo que entraba a buena velocidad por el camino de acceso a la casa.

"Oh, no", pensó. "Visitas ahora no, por favor". Pero no era el coche de un visitante, sino un viejo coche fúnebre con, quizá, media docena de hombrecillos agarrados a los laterales. Por lo menos eso parecía.

El coche dio un frenazo, chirriando. Los hombres saltaron al suelo y la miraron; sus ojos brillaban con una luz suave y amarillenta, como los ojos de los gatos. Observó con horror que entraban en la casa.

Un instante después salieron; transportaban algo que introdujeron en el coche. A continuación, arrancaron y partieron a gran velocidad, derrapando y lanzando la gravilla de la carretera en todas direcciones.

En ese momento, la enfermera entró para decirle que Jim Brand acababa de morir.

Al borde

Tú dirás
que cosas como
las de estas historias
no pueden ocurrir.
Otros dicen
que sí han ocurrido.

Bess

John Nicholas criaba caballos. Tenía muchos y muy variados ejemplares, pero el animal que más quería era una yegua vieja y mansa llamada Bess. La había tenido desde niño y habían crecido juntos. Ya no la usaba para montar, porque al estar tan mayor tenía que andar despacito, así que pasaba el día pastando pacíficamente en un prado.

Aquel verano, para divertirse, John Nicholas entró en la caseta de una pitonisa. Después de estudiar sus cartas la adivina le dijo:

—Veo que un gran peligro pende sobre tu cabeza. Tu caballo preferido será la causa de tu muerte. No sé cuándo, pero pasará. Lo dicen las cartas.

John Nicholas se echó a reír. La idea de que Bess pudiera matarlo le resultaba ridícula. Bess era tan peligrosa como un plato de sopa. Sin embargo, desde ese momento, cada vez que la veía se acordaba de la advertencia de la echadora de cartas.

Aquel otoño, un granjero que vivía en el otro extremo de la región le preguntó si podía quedarse con Bess. Había pensado que el viejo animal sería perfecto para que sus niños lo montaran.

—Es una buena idea —contestó John—. A ellos les divertirá y Bess tendrá algo que hacer.

Más tarde, John se lo contó a su mujer.

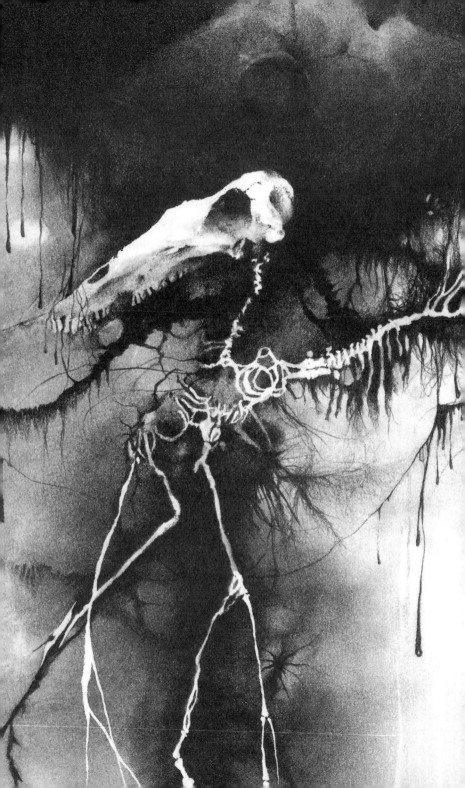

—Ahora Bess no podrá matarme —añadió, y los dos rieron.

Unos meses después se encontró con el granjero que se la había llevado.

—¿Cómo está mi Bess? —preguntó.

—¡Ay! Durante un tiempo estuvo bien —contestó el granjero—. A los niños les encantaba, pero enfermó y tuve que dispararle un tiro para que dejara de sufrir. Fue una pena.

A su pesar, John dejó escapar un suspiro de alivio. Se había preguntado a menudo si, de algún modo descabellado, por algún extraño accidente, Bess podría matarle. Ahora, desde luego, era imposible.

—Me gustaría verla —dijo—, sólo para decirle adiós. Era mi yegua favorita.

Fue solo a ver los restos de la yegua. El granjero los había dejado en un rincón remoto de sus tierras. Al llegar allí, John se arrodilló y golpeó suavemente el cráneo de Bess, blanqueado por el sol. En ese momento una serpiente de cascabel, que se había refugiado dentro de la calavera, sacó la cabeza y clavó los colmillos en el brazo de John Nicholas, matándolo con su veneno.

Harold

Cuando hacía calor en el valle, Thomas y Alfred llevaban sus vacas a las montañas para que pastaran en una pradera verde y fresca. Solían pasar dos meses allí y después
volvían con el ganado al valle.

El trabajo era bastante llevadero, pero muy aburrido.
Pasaban todo el día ocupándose de las vacas y, al atardecer,

volvían a la casucha donde vivían; cenaban, trabajaban un rato en el huerto y se iban a dormir. Siempre igual.

Un día Thomas tuvo una idea que cambió todo.

—Vamos a hacer un muñeco tan grande como un hombre —dijo—. Será divertido y nos servirá de espantapájaros para el huerto.

—Bueno, pero tiene que parecerse a Harold —dijo Alfred. Harold era un granjero al que odiaban.

Hicieron el muñeco con viejos sacos rellenos de paja, cubriéndole la cabeza con pelo oscuro. En la cara imitaron la nariz puntiaguda y los ojos diminutos de Harold. Como toque final le pusieron expresión de pocos amigos, frunciéndole el entrecejo. Y, naturalmente, le llamaron Harold.

Cada mañana, de camino a la pradera, colgaban a Harold de un poste en el huerto y lo dejaban allí para espantar a los pájaros. Cada noche lo metían en la cabaña, para que no se estropeara si llovía.

Cuando estaban de buen humor, les gustaba hablar con él. Uno de ellos decía:

—¿Qué tal crecen hoy las verduras, Harold?

El otro, haciéndose pasar por Harold, contestaba con voz idiota:

—Muy despacito.

Ambos se reían. Harold no.

Si algo iba mal, la tomaban con Harold; lo insultaban e incluso le pegaban, dándole patadas y puñetazos. A veces, uno de ellos se le acercaba con un plato de comida (cuando ya estaban hartos) y se lo restregaba por la cara mientras le decía:

—¿Te gusta el estofado, Harold? Será mejor que te lo comas todo o te daremos más.

Todo esto muertos de risa.

Una noche, después de que Thomas le quitara de la cara la comida que le habían tirado, Harold soltó un gruñido.

—¿Has oído eso? —preguntó Alfred.

—Ha sido Harold —dijo Thomas—, le estaba mirando cuando lo ha hecho. Es increíble.

—¿Cómo ha podido gruñir? —preguntó Alfred—, si no es más que un saco de paja. Es imposible.

—Vamos a tirarlo al fuego y ya está —dijo Thomas.

—No vayamos a hacer alguna tontería —replicó Alfred—. No sabemos lo que está pasando. Cuando volvamos al valle se va a quedar aquí así que, de momento, lo único que vamos a hacer es vigilarle.

Dejaron a Harold sentado en una esquina de la cabaña. No volvieron a hablarle ni a sacarle al exterior. De vez en cuando el monigote gruñía, pero eso era todo. Pocos días después decidieron que no había nada que temer. Pensaron que los causantes de los "gruñidos" eran ratones o insectos que se colaban en su interior.

Por eso, Thomas y Alfred volvieron a sus viejas costumbres. Cada mañana sacaban a Harold al huerto y cada noche lo devolvían a la cabaña. Cuando tenían ganas de bromas, se burlaban de él y cuando estaban de mal humor lo trataban peor que nunca.

Una noche, Alfred se dio cuenta de algo que le puso los pelos de punta:

—Harold está creciendo.

—Me lo has quitado de la boca —dijo Thomas.

—Lo mismo son imaginaciones nuestras —replicó Alfred—. Llevamos demasiado tiempo en estas montañas.

A la mañana siguiente, mientas comían, Harold se levantó y salió de la cabaña. Trepó por el tejado y anduvo de arriba abajo como un caballo trotón puesto de manos. Así se pasó el resto del día y toda la noche.

Por la mañana, Harold bajó del tejado, se dirigió hacia un alejado rincón de la pradera y allí se quedó, de pie. Los hombres no tenían ni idea de lo que podría ocurrírsele a continuación y estaban aterrados.

Decidieron bajar el ganado al valle ese mismo día. Cuando se marcharon, Harold no estaba a la vista. Se sintieron como si hubieran escapado de un gran peligro, y empezaron a bromear y a cantar. Llevaban recorridos dos o tres kilómetros cuando se dieron cuenta de que se habían dejado los taburetes de ordeñar.

Ninguno de los dos quería volver, pero sabían que les iba a costar mucho conseguir otros.

—En realidad no hay nada que temer —se dijeron el uno al otro—. Después de todo, ¿qué puede hacernos un muñeco?

Echaron a suertes quién volvía. Fue a Thomas al que le tocó volver él.

—Tú sigue andando, que ya te alcanzaré —le dijo a Alfred.

Éste siguió caminando hacia el valle y al llegar a un alto miró hacia atrás buscando a Thomas. No le vio por ninguna parte, pero sí divisó a Harold. Se había subido otra vez al tejado de la cabaña y, mientras Alfred le miraba, se puso de rodillas, para extender, como quien quiere secar algo al sol, un sanguinolento pellejo humano.

La mano muerta

El pueblo se agolpaba al borde de un inmenso pantano. Al mirar a lo lejos, la vista se perdía entre tierras anegadas, charcas de agua negra y brillantes láminas de esponjosa turba. Los esqueletos de árboles ciclópeos –"los vigías", como los llamaba la gente– sobresalían de la ciénaga extendiendo sus ramas muertas, como largos y retorcidos brazos.

Durante el día, los hombres del pueblo cortaban la turba y la transportaban a sus casas para secarla, y venderla después como combustible. Pero, cuando se ponía el sol, y el viento que venía del mar susurraba y gemía, los hombres se marchaban a toda prisa. Todo el mundo decía que, al caer la noche, salían del pantano extrañas criaturas que incluso se acercaban hasta el pueblo. La gente tenía tanto miedo que nadie quería salir sin compañía después del anochecer.

La única persona del pueblo que no creía en tales criaturas era el joven Tom Pattison. Al volver a casa del trabajo con sus amigos, acostumbraba a decirles en voz muy baja:

—¡Ahí va una!

Y mientras ellos pegaban un brinco y echaban a correr despavoridos, Tom se partía de risa.

Finalmente, algunos de sus amigos se decidieron a plantarle cara.

—Si tanto sabes —le dijeron—, vete al pantano una noche y verás lo que es bueno.

—Eso voy a hacer —replicó Tom—. Trabajo allí todos los días y nunca he visto nada raro. ¿Por qué tiene que ser diferente de noche? Mañana me llevo un farol y me acerco hasta el sauce vigía. Si tengo miedo y salgo corriendo, os prometo no volver a burlarme de vosotros nunca más.

A la noche siguiente, los hombres fueron a la casa de Tom Pattison para verle marchar. Espesos nubarrones cubrían la luna; no habían visto una noche más negra en su vida. Cuando llegaron, la madre de Tom le rogaba que no fuera.

—Todo irá bien —le decía él—. No hay nada que temer. Haz el favor de no ser tonta.

Tomó el farol y, canturreando, enfiló hacia el húmedo sendero que le conduciría hasta el sauce vigía.

Unos jóvenes, que le vieron partir, se preguntaron si Tom no tendría razón. Quizá les amedrentaban cosas inexistentes. Algunos decidieron seguirlo y verlo por sí mismos; eso sí, de lejos, para poder salir corriendo si el asunto se ponía feo. Mientras iban tras él, habrían jurado que podían verse sombras moviéndose a su alrededor, pero Tom balanceaba el farol y no dejaba de cantar. Nada más ocurría.

Por fin tuvieron a la vista al sauce vigía. Tom, de pie bajo un círculo de luz, miraba a un lado y a otro. Bruscamente, el viento le apagó el farol y dejó de cantar. Los hombres se quedaron inmóviles, rodeados por la negrura, esperando que ocurriera algo terrible.

El techo de nubes desapareció y, al aclararse la noche, volvieron a ver a Tom. Tenía la espalda apoyada en el tronco del sauce y los brazos extendidos delante de él como si estuviera luchando contra algo. Desde donde se encontraban

los espectadores parecía que tétricas sombras se arremolinaban en torno suyo. La luna se escondió detrás de las nubes, y la noche volvió a ser tan negra como un pozo de alquitrán.

Cuando la luna salió de nuevo pudieron verlo otra vez. Colgaba del sauce vigía por un brazo y tenía el otro estirado hacia delante, como si algo jalara de él con mucha fuerza. Los hombres creyeron ver una mano mohosa y podrida, una mano muerta que, suspendida en el aire, había agarrado la mano de Tom, envolviéndola, para tratar de arrastrarle. Oyeron, entonces, un terrible ruido de desgarramiento y vieron cómo lo que había estado tirando de Tom –fuera lo que fuese–, lo arrojaba a la ciénaga. Al menos eso fue lo que contaron.

Al volver a cerrarse la noche, los hombres se dieron la vuelta y corrieron hacia el pueblo en la oscuridad. Una y otra vez se salían del sendero y caían en el fango y en los charcos. Acabaron arrastrándose a cuatro patas, pero llegaron. Sin embargo, Tom Pattison no estaba con ellos.

Por la mañana, lo buscaron por todas partes, pero al final tuvieron que darle por desaparecido.

Una semana después, por la tarde, los habitantes del pueblo oyeron gritos. Era la madre de Tom. Subía corriendo por el sendero del pantano, sin dejar de dar voces y de gesticular. Cuando estuvo segura de que había llamado la atención de todos, se dio la vuelta y corrió de nuevo hacia el pantano. Los demás la siguieron.

Encontraron al joven Pattison junto al sauce vigía gimiendo y farfullando como si hubiera perdido la cabeza. Señalaba algo que sólo Tom podía ver con una única mano; donde debería haber tenido la otra no había más que un muñón desgarrado y empapado en sangre: la extremidad había sido arrancada de cuajo.

Todo el mundo dijo que lo había hecho la mano muerta. Pero nadie, excepto Tom, sabía lo que había ocurrido en realidad, y él no volvió a pronunciar jamás una sola palabra.

Esas cosas que pasan

Bill Nelson llamó al veterinario cuando su vaca dejó de dar leche.

—Este animal no tiene nada —dijo el veterinario—. Lo que pasa es que es tozuda. Eso, o que alguna bruja le ha echado mal de ojo.

Ambos rieron.

—Aunque espero que lo más parecido a una bruja que tengamos por aquí sea esa arpía de Addie Fitch —continuó—. De todas formas, las brujas están pasadas de moda, ¿no?

Bill había tenido un altercado con Addie Fitch el mes anterior. Había atropellado a su gato y lo había matado.

—Lo siento muchísimo, Addie —le había dicho—. Me encargaré de buscarle otro gato tan bueno y tan bonito como éste.

Ella le miró con odio reconcentrado y siseó:

—He cuidado de ese gato desde que era un cachorrito. Le adoraba. Te arrepentirás de esto, Bill Nelson.

Bill le hizo llegar otro gato y no volvió a saber de ella.

Entonces la vaca dejó de dar leche, después se le estropeó el camión y luego, por si fuera poco, su mujer se rompió un brazo.

"Vaya racha de mala suerte", pensó. "¿Y si, después de todo, esto fuera culpa de Addie Fitch?". "¡Pero bueno!" se reprochó, "si tú no crees en brujas. Lo único que pasa es que estás trastornado".

Pero el abuelo de Bill sí creía en brujas. Una vez le dijo que sólo había una manera segura de librarse de ellas:

—Tienes que buscar un nogal negro —explicó—, y hacer un dibujo de la bruja sobre el tronco. Luego sobre el lugar correspondiente al corazón le marcas una X y allí clavas un clavo; cada día lo clavas un poco más.

"Si la que causa los problemas es ella, sentirá dolor. Cuando no pueda aguantar más, irá a verte o mandará a alguien en su nombre y procurará que le prestes algo. Si le das lo que te pide, romperás el poder del hechizo y ella seguirá atormentándote. Pero si no se lo das tendrá que interrumpir el mal de ojo porque, de no hacerlo, el dolor la matará.

Eso creía el amable y simpático abuelo.

"Cosas de locos", pensó. Desde luego, su abuelo tenía pocos estudios. Pero Bill había ido a la universidad; sabía mucho más de las cosas.

Entonces, el perro de Bill, un animal de lo más sano, cayó fulminado sin más. Y Bill se enfureció. A pesar de todos sus estudios, se dijo: "Después de todo puede que la culpa sea de Addie Fitch".

Agarró un lápiz rojo de la habitación de su hijo, un martillo y un clavo, y se fue al bosque. Encontró un nogal negro e hizo un dibujo de Addie Fitch sobre el tronco; puso una X en el lugar del corazón; clavó un poco el clavo sobre la X y se marchó a casa.

—Me siento como un idiota —le dijo a su mujer.

—No me extraña —respondió ella.

Al día siguiente, un muchacho llamado Timmy Logan fue a su casa.

—Addie Fitch no se siente bien —dijo—. Dice que si le puede prestar un poco de azúcar.

Bill Nelson le miró asombradísimo. Respiró profundamente.

—Dile que lo siento, pero ahora mismo no tengo ni pizca de azúcar.

Cuando Timmy Logan se marchó, Bill volvió al nogal negro y clavó el clavo un poco más. El muchacho volvió al día siguiente y dijo:

—Addie Fitch está bastante mal. Pregunta que si tiene usted ya algo de azúcar.

—Dile que lo siento —dijo Bill Nelson—, pero no tengo nada todavía.

Bill fue al bosque y clavó el clavo otro poco más. Al día siguiente el muchacho volvió.

—Addie Fitch se está poniendo muy enferma —dijo—. Tiene verdadera necesidad de un poco de azúcar.

—Dile que todavía no tengo nada —contestó Bill. La mujer de Bill estaba perdiendo la paciencia.

—Deja este asunto de una vez —le dijo—. Si ese cuento funciona, esto es un asesinato.

—Lo dejaré cuando ella lo deje —dijo Bill.

Al anochecer se quedó en el patio, observando el altozano donde vivía la anciana, preguntándose qué estaría sucediendo allí. En ese momento, en la penumbra, vio que Addie Fitch bajaba lentamente por la colina, aproximándose. Con su huesuda cara desencajada por el dolor, y su viejo abrigo negro, parecía de verdad una bruja. Al acercarse más, Bill se dio cuenta de que apenas podía andar.

"Puede que le esté haciendo daño en serio", pensó y corrió a buscar el martillo para sacar el clavo. Antes de que pudiera salir de su casa, Addie Fitch llegó al patio con la cara desfigurada por la rabia.

—Primero matas a mi gato —dijo—, y luego no quieres prestarme una pizca de azúcar cuando la necesito.

Después de maldecirle, cayó muerta a sus pies.

*

—No me sorprende que muriera tan de repente —dijo el médico más tarde—. Era muy vieja. Tenía noventa años por lo menos. Fue el corazón, naturalmente.

—Algunos decían que era una bruja —dijo Bill.

—Lo he oído, sí —replicó el doctor.

—Uno que conozco pensaba que Addie Fitch le había embrujado —continuó Bill—. Hizo un dibujo de ella sobre un árbol y le clavó un clavo en el lugar del corazón para obligarla a interrumpir sus hechizos.

—Es una vieja superstición —respondió el médico—. Pero la gente como nosotros no cree en esas cosas, ¿verdad?

A lo bestia

Unos animales salvajes roban a un niño.
Por alguna razón los animales
cuidan al niño en vez de comérselo.
El niño aprende a hacer los ruidos que los animales hacen.
Aprende a comer, correr y matar como ellos.
Después de un tiempo, sólo su apariencia es humana.

La niña loba

Si sales de Del Río, en Texas, y avanzas por el desierto en dirección noroeste, terminas llegando al Río del Diablo. Entre 1830 y 1840 un trampero llamado John Dent y su esposa Mollie se establecieron en el lugar donde Arroyo Seco desemboca en el Río del Diablo. Por allí había muchos castores y Dent los cazaba. Mollie y él construyeron una cabaña con ramas, y le añadieron un pequeño cobertizo para que les diera sombra.

Mollie Dent quedó embarazada. Cuando estaba a punto de dar a luz, John Dent se fue a caballo a la casa de sus vecinos más cercanos, a varios kilómetros de distancia.

—Mi mujer va a tener un hijo —les dijo al hombre y a su esposa—. ¿Pueden ayudarnos?

Ellos se ofrecieron para ir inmediatamente. Estaban a punto de ponerse en marcha, cuando se desató una gran tormenta. Un rayo cayó sobre John Dent, matándole en el acto. Los vecinos no pudieron llegar a la cabaña hasta el día siguiente. Cuando llegaron, Mollie también había muerto.

Parecía que había dado a luz a su hijo antes de morir, pero el matrimonio no pudo encontrar al bebé. Pensaron que habría sido devorado por los lobos, ya que encontraron huellas de esos animales por doquier. Enterraron a Mollie y se fueron.

Unos años después, empezó a circular una extraña historia. Algunas personas juraban que no era más que la pura verdad. Otras decían que algo así no podía ocurrir de ninguna manera.

*

La historia comienza en un pequeño asentamiento a menos de veinte kilómetros de la tumba de Mollie Dent. Una mañana muy temprano, una manada de lobos salió del desierto a la carrera y mató unas cabras. Ataques como ésos eran corrientes en aquella época, pero éste tuvo algo especial: un muchacho dijo haber visto a una niña desnuda de largo cabello rubio corriendo entre los lobos.

Un año o dos después, una mujer se encontró con un grupo de lobos devorando una cabra que acababan de matar. Afirmaba que una niña desnuda, de largo cabello rubio, estaba comiendo con ellos. Al ver a la mujer huyeron a la carrera. La mujer decía que al principio la niña iba a cuatro patas, como los lobos, pero que después se puso de pie y corrió como una persona, sólo que a la velocidad de los animales.

La gente empezó a preguntarse si esta "niña loba" no sería la hija de Mollie Dent. ¿Se la habría llevado una loba el día que nació y la habría criado con sus cachorros? Si era así, tenía que tener entre diez y once años.

Al hacerse la historia más popular, unos cuantos hombres comenzaron a buscar a la niña. Buscaron a lo largo de los márgenes de los ríos, y en el desierto y sus cañones. Se

dice que, un día, la encontraron caminando por un cañón con un lobo a cada lado. Cuando los animales huyeron, la niña se escondió en una hendidura de la pared del cañón.

Los hombres trataron de agarrarla, pero ella luchó mordiendo y arañando como un animal furioso. Cuando la capturaron empezó a gritar como una niña aterrada, al tiempo que aullaba de modo lastimero.

Sus captores la ataron con cuerdas, la colocaron boca abajo sobre un caballo y la llevaron a un pequeño rancho en el desierto. Decidieron entregarla al sheriff al día siguiente. Entre tanto, la metieron en una habitación vacía y la desataron; la pequeña, aterrada, se escondió en las sombras. La dejaron allí y cerraron la puerta.

Al poco rato se puso a gritar y a aullar otra vez. Los hombres pensaron que iban a volverse locos si tenían que seguir escuchándola pero al cabo de un rato calló por fin.

Al anochecer se empezaron a oír aullidos de lobo en la lejanía. La gente decía que, cuando se callaban, la niña les respondía aullando.

La historia continúa diciendo que los aullidos fueron en aumento: llegaban de todas direcciones y se acercaban cada vez más a la casa. De repente, como obedeciendo a una señal, los lobos atacaron los caballos y el resto del ganado. Los hombres salieron de la casa y, disparando sus pistolas, se internaron en la oscuridad.

En la habitación donde habían dejado a la niña, en lo alto de la pared, había una pequeña ventana con un tablón cruzado, sujeto con clavos. La niña arrancó el tablón, se deslizó por la ventana y desapareció.

Pasaron los años y no se volvió a saber nada de ella. Hasta que un día, unos jinetes en un recodo del Río Grande, cerca del Río del Diablo, divisaron a una joven de largo cabello rubio alimentando a dos lobeznos. Cuando la muchacha los vio, apretó los cachorros contra su pecho y corrió a esconderse en la espesura. La siguieron a caballo, pero no pudieron alcanzarla. Después buscaron por todas partes y no encontraron ni rastro de ella.

Eso es lo último que sabemos de la niña loba. Y es allí, en el desierto, cerca del Río Grande, donde este cuento termina.

Cinco pesadillas

Una artista pintó unos cuadros.
A un niño le regalaron una mascota.
Una niña se fue de vacaciones.
Todo era normal.
Y de repente…

El sueño

Lucy Morgan era artista. Había pasado una semana pintando en una pequeña localidad rural, y decidió marcharse al día siguiente. Quería ir a un pueblo llamado Kingston.

Pero esa noche tuvo un extraño sueño. Soñó que subía por una oscura escalera de madera tallada y entraba en un dormitorio. Era una habitación normal excepto por dos cosas: la alfombra tenía un dibujo de grandes cuadrados que parecían trampillas, y todas las ventanas estaban firmemente cerradas mediante grandes clavos que sobresalían de la madera.

En el sueño, Lucy Morgan se quedaba a dormir en esa habitación y, en mitad de la noche, entraba una mujer de cara pálida, ojos oscuros y largos cabellos negros. La mujer se inclinaba sobre la cama y le susurraba:

—Éste es un lugar maléfico. Márchate cuanto antes.

Cuando la mujer le tocó el brazo, empujándola para que se diera prisa, Lucy Morgan se despertó profiriendo un alarido de terror. El resto de la noche permaneció despierta, temblando.

Por la mañana le dijo a la casera que había decidido no ir a Kingston.

—No puedo decirle por qué —dijo—, pero no tengo fuerzas para ir hasta allí.

—Entonces, ¿por qué no va a Dorset? —dijo la casera—. Es un bonito lugar y no está lejos.

Así pues, Lucy Morgan fue a Dorset. Preguntó dónde podía hospedarse y le dijeron que encontraría habitación en la casa de la colina. La casa tenía muy buen aspecto, y la casera, regordeta y maternal, no podía resultar más agradable.

—Vamos a ver la habitación —dijo—. Seguro que te gusta.

Subieron por una oscura escalera de madera tallada, como la del sueño de Lucy.

"En estas viejas casas las escaleras son todas iguales", pensó. Pero cuando la casera abrió la puerta del dormitorio, vio que era la habitación de su sueño; tenía la misma alfombra que parecía hecha de trampillas y las mismas ventanas cerradas con grandes clavos.

"No es más que una casualidad", se dijo Lucy.

—¿Qué te parece? —preguntó la casera.

—No estoy segura —contestó.

—Bueno, piénsatelo —dijo la casera—. Haré un poco de té mientras te decides.

Lucy se sentó sobre la cama mirando las trampillas y los grandes clavos. Al poco rato llamaron a la puerta.

"Será la casera con el té", pensó.

Pero no era la casera. Era la mujer de cara pálida, ojos oscuros y largo pelo negro. Lucy Morgan agarró sus pertenencias y puso pies en polvorosa.

La nueva mascota de Sam

Cuando sus padres se fueron a México de vacaciones, Sam se quedó con su abuela.

—Te vamos a traer algo bonito, ya verás —le dijo su madre—. Una sorpresa.

Antes de volver del viaje, los padres de Sam buscaron algo que pudiera gustarle. Todo lo que encontraron fue un lindo sombrero en un mercado, pero era muy caro. Pero esa tarde, mientras comían en el parque, decidieron comprárselo de todas formas.

El padre de Sam tiró las sobras de los bocadillos a unos perros callejeros y volvieron al mercado.

De camino, se dieron cuenta de que uno de los perros les seguía. Era una pequeña criatura gris de pelo ralo, patas cortas y largo rabo. Fuera donde fuesen, iba detrás de ellos.

—¿No es una monada? —dijo la madre de Sam—. Debe ser un perro de los que llaman mexicanos lampiños. A Sam le gustará.

—Es posible que tenga dueño —dijo el padre.

Trataron de averiguar quién era el propietario del animal, preguntando a varias personas, pero nadie sabía nada: se limitaban a sonreír y a encogerse de hombros.

Por último, la madre de Sam dijo:

—Puede que lo hayan abandonado. Vamos a llevárnoslo. Podemos darle un buen hogar y a Sam le va a encantar.

Cruzar la frontera con animales de compañía es ilegal, pero los padres del niño escondieron al animal en una caja y nadie lo vio. Al llegar a casa se lo enseñaron a Sam.

—Es un perrito precioso —dijo.

—Es un perro mexicano —le dijo su padre—. No estoy seguro de la raza. Creo que se llaman mexicanos lampiños. Lo encontramos en la calle. Pero es bonito, ¿verdad?

Le dieron comida para perros. Después lo lavaron, lo cepillaron y lo limpiaron minuciosamente. Esa noche durmió en la cama de Sam. A la mañana siguiente, cuando el niño se despertó, vio que aún seguía allí.

—Mamá —grito Sam—, el perro se ha resfriado.

Los ojos del animal giraban dentro de las órbitas y tenía algo blanco alrededor de la boca. Aquella misma mañana la madre de Sam lo llevó al veterinario.

—¿De dónde lo ha sacado? —preguntó el veterinario.

—De México —dijo ella—. Creemos que es un mexicano lampiño. Sobre eso quería preguntarle.

—No es un lampiño —dijo el veterinario—. Ni siquiera un perro. Es una rata de cloaca. Y tiene la rabia.

A lo mejor te acuerdas

La señora Gibbs y su hija de dieciséis años, Rosemary, llegaron a París una calurosa mañana de julio. Habían estado de vacaciones por Europa e iban de vuelta a casa, pero la señora Gibbs no se encontraba bien y por eso decidieron quedarse en París unos días, antes de continuar el viaje de vuelta.

La ciudad estaba atestada de turistas, pero aun así pudieron encontrar sitio en un buen hotel. Tenían una preciosa habitación de paredes amarillas, alfombra azul y mobiliario blanco, con vistas a un parque.

Tan pronto como deshicieron las maletas, la señora Gibbs se metió en la cama. Estaba tan pálida que Rosemary pidió que la reconociera el médico del hotel. Ella no hablaba francés pero, afortunadamente, el doctor sabía inglés.

Le echó un vistazo a la señora Gibbs y dijo:

—Tu madre está demasiado enferma para viajar. Mañana la ingresaré en un hospital, pero ahora necesita un me-

dicamento especial. Vete a buscarlo a mi casa, ahorraremos tiempo.

El médico dijo que no tenía teléfono en ese momento y que por eso, en lugar de llamar a su esposa le iba a dar una nota para ella.

El director del hotel metió a Rosemary en un taxi y, en francés, dio instrucciones al taxista para llegar hasta la casa del médico.

—Sólo tardarás un momento —le dijo a Rosemary— y después te volverá a traer.

Pero parecía que tardaba una eternidad, subiendo lentamente por una calle, bajando a paso de tortuga por otra... Rosemary vio que pasaban dos veces por el mismo sitio.

Le costó otra eternidad conseguir que la esposa del médico le abriera la puerta y le preparara la medicina. Mientras estaba sentada en un banco de la vacía sala de espera no dejaba de pensar "¿Por qué no se da prisa? Por favor, dése prisa". Entonces oyó el timbre de un teléfono en algún lugar de la casa. Pero el doctor le había dicho que no tenían teléfono. ¿Qué estaba pasando?

El taxi volvió tan despacio como había ido, arrastrándose como una tartana calle arriba y calle abajo. En el asiento de atrás, Rosemary aferraba entre sus manos la medicina de su madre, angustiándose cada vez más. ¿Por qué tardaban tanto para todo?

Tenía la certeza de que el taxista iba en dirección contraria.

—¿Está seguro de que vamos al hotel correcto? —preguntó.

El taxista no contestó. Ella volvió a preguntar, pero él siguió mudo. Cuando se pararon en un semáforo, abrió la puerta de golpe y salió corriendo.

En la calle paró a una mujer: no sabía inglés pero conocía a alguien que lo hablaba. Rosemary tenía razón: iban en dirección contraria.

Por fin llegó al hotel a primera hora de la noche. Fue directa hacia el recepcionista que les había dado la habitación.

—Soy Rosemary Gibbs —le dijo—. Mi madre y yo estamos en la 505. ¿Me da la llave, por favor?

El recepcionista la miró atentamente.

—Debes estar equivocada —dijo—. En esa habitación hay otro huésped. ¿Estás segura de que éste es el hotel donde te alojas?

Se volvió a atender a otro cliente. La niña esperó a que terminara.

—Usted mismo nos dio esa habitación cuando llegamos, esta mañana —le dijo—. ¿Cómo ha podido olvidarlo?

El empleado se quedó mirándola como si se hubiera vuelto loca.

—Debes estar equivocada —dijo—. Yo no te he visto nunca. ¿Estás segura de que el hotel era éste?

Ella pidió que le dejara ver la tarjeta de registro que habían rellenado al llegar.

—A nombre de June y Rosemary Gibbs —dijo.

El recepcionista miró en el archivador.

—La tarjeta no está. Te habrás equivocado de hotel.

—El médico del hotel me conoce —replicó Rosemary—. Examinó a mi madre cuando llegamos. Me envió a buscar la medicina que necesita. Quiero verle.

En ese preciso momento, el doctor bajaba por las escaleras.

—Aquí está el medicamento para mi madre —dijo Rosemary, enseñándoselo—. Me lo ha dado su esposa.

—Lo siento, pero no te he visto nunca. Te habrás equivocado de hotel —respondió el médico.

Rosemary preguntó por el director del hotel; él la había llevado al taxi. Seguro que la recordaba.

—Te habrás equivocado de hotel —dijo—. Déjame darte una habitación donde puedas descansar. Entonces quizá recuerdes donde os hospedáis tu madre y tú.

—¡Quiero ver la habitación! —dijo Rosemary, levantando la voz—. Es la 505.

Cuando llegaron, vio que no quedaba nada de la habitación que recordaba. Una cama de matrimonio ocupaba el lugar de las dos camas; el mobiliario era negro en vez de blanco; la alfombra era verde en lugar de azul; en el armario colgaban las ropas de otra persona. La habitación en la que estuvo se había desvanecido. Y lo mismo había ocurrido con su madre.

—Ésta no es la habitación —dijo—. ¿Dónde esta mi madre? ¿Qué le han hecho?

—Te has confundido —dijo el director pacientemente, como si estuviera hablando con una niña de tres años.

Rosemary exigió que llamaran a la policía.

—Mi madre, nuestras cosas, la habitación, todo ha desaparecido —les dijo.

—¿Estás segura de que no te has equivocado de hotel? —le preguntaron.

Fue a la embajada a pedir ayuda.

—¿Seguro que no te has confundido de hotel? —inquirieron.

Rosemary creyó que se estaba volviendo loca.

—¿Por qué no descansas un poco? —le aconsejaron—. Así a lo mejor te acuerdas…

Pero el problema de Rosemary no era su memoria. Era lo que no sabía. Mira la página 115.

La mancha roja

Mientras Ruth dormía, una araña se deslizaba por su cara. Durante varios minutos, se detuvo sobre su mejilla izquierda; después continuó su camino.

—¿Qué es esta mancha roja que tengo en la mejilla? —preguntó a su madre por la mañana.

—Parece la picadura de una araña —le dijo su madre—. Ya se te pasará. No te rasques.

Al poco rato, la pequeña mancha roja se transformó en un pequeño y quemante forúnculo.

—Fíjate cómo se ha puesto —dijo Ruth—. Está creciendo y me duele.

—Eso es normal —dijo su madre—, está madurando.

A los pocos días el forúnculo era aún mayor.

—Fíjate cómo está ahora —dijo Ruth—. Me duele muchísimo y es horrible.

—Vamos a que te lo vea el médico —dijo su madre—. Es posible que se haya infectado.

Pero el médico no podía recibirlas hasta el día siguiente.

Aquella noche Ruth tomó un baño caliente. Cuando estaba metida en la bañera, el forúnculo reventó, expulsando un hervidero de arañas diminutas. Salían de los huevos que la hembra había puesto en la mejilla de Ruth.

¡No, gracias!

Los jueves de noche, Jim trabajaba en un almacén en un centro comercial de las afueras, al lado de la autopista. Normalmente salía de trabajar hacia las ocho y media y se iba a casa conduciendo su coche.

Una noche fue de los últimos en marcharse. Cuando salió del edificio, el enorme aparcamiento estaba casi vacío. Sólo se oían los coches a lo lejos y sus pisadas sobre el asfalto.

De repente un hombre emergió de las sombras.

—¡Eh, señor! —dijo en voz baja, extendiendo la mano derecha: sobre la palma sostenía la larga y afilada hoja de un cuchillo.

Jim se detuvo.

—Cuchillo bonito y afilado —susurró el hombre.

"Tranquilo", pensó Jim. El hombre se acercó a él. "No corras", se dijo Jim.

—Cuchillo bonito y afilado —repitió el hombre.

"Dale lo que quiera", pensó Jim. El hombre se acercó más, levantando el cuchillo.

—Corta bien, corta fácil —dijo lentamente.

Jim no se movió. El hombre le miró con ojos escrutadores.

—Venga, hombre, te lo dejo en tres dólares. Dos por cinco. Bonito regalo para mamá.

—¡No, gracias! —dijo Jim, mientras corría hacia su coche—. Ella tiene uno.

¿Qué pasa aquí?

Cuando las botellas se destapan solas
y los muebles vuelan por toda la casa,
habrá muchas explicaciones,
pero ninguna será la correcta.
Entonces, alguien dará una respuesta estremecedora
que puede afectarte a ti.

El problema

Esta historia sucedió en una casita blanca de un suburbio de la ciudad de Nueva York, en 1958. Se han cambiado los nombres de las personas implicadas.

Lunes, 3 de febrero. Tom Lombardo y su hermana Nancy acababan de llegar del colegio. Tom estaba a punto de cumplir trece años y Nancy tenía catorce. Hablaban con su madre en el salón, cuando oyeron un fuerte ¡PUM! que venía de la cocina. Parecía como si se hubiera descorchado una botella de champán.

Pero no era nada de eso. La tapa de un frasco de almidón se había desenroscado, el frasco se había caído y había derramado su contenido por la cocina. En ese momento, los recipientes de toda la casa empezaron a destaparse con estrépito: frascos de quitaesmaltes y de champú, botellas de lejía y de alcohol para friegas, hasta una botella que contenía agua bendita.

Todos se cerraban con tapones de rosca: para abrirlos había que dar dos o tres vueltas completas al tapón. Pero todos se habían abierto por sí mismos –sin intervención humana– y después se habían caído, derramando su contenido.

—¿Qué pasa aquí? —preguntó la señora Lombardo. Nadie sabía, pero los taponazos cesaron pronto y todo volvió a la normalidad. Pensaron que había sido una de esas cosas raras que pasan y, sin darle mayor importancia, lo olvidaron.

Jueves, 6 de febrero. Justo después de que Tom y Nancy volvieran del colegio, seis botellas más se destaparon ruidosamente. Al día siguiente, alrededor de la misma hora, lo hicieron otras seis.

Domingo, 9 de febrero. A las once en punto de aquella mañana, Tom se cepillaba los dientes en el baño y su padre hablaba con él desde la puerta de la habitación. Súbitamente, un frasco de medicamentos cruzó el mueble del baño por su cuenta y cayó al lavabo. A continuación, un frasco de champú llegó al borde y se estrelló contra el suelo. Padre e hijo contemplaban el fenómeno boquiabiertos.

—Será mejor que llame a la policía —dijo el señor Lombardo.

Aquella tarde, un patrullero interrogó a la familia mientras las botellas y los frascos del baño disparaban sus tapones y se lanzaban contra el suelo. La policía asignó el caso a un detective llamado Joseph Briggs.

El detective Briggs era un hombre práctico. Si algo se movía, era porque lo había movido una persona, o un animal, o una vibración, o el viento, o cualquier otra causa natural. No creía en fantasmas.

Cuando los Lombardo dijeron que ellos no tenían nada que ver con lo que ocurría, pensó que al menos uno mentía. Lo primero que quería hacer era examinar la casa. Después pensaba hablar con algunos expertos para ver qué opinaban.

Martes, 11 de febrero. La botella de agua bendita que se había abierto la semana antes, se abrió por segunda vez y se derramó. Dos días después se volvió a derramar.

Sábado, 15 de febrero. Tom, Nancy y un pariente miraban la televisión en el cuarto de estar cuando una figurita de porcelana levitó sobre la mesa, voló por el aire casi un metro y se estrelló contra la alfombra.

Lunes, 17 de febrero. Un sacerdote bendijo la casa de los Lombardo para protegerles contra lo que causaba el problema, fuera lo que fuese.

Jueves, 20 de febrero. Mientras Tom hacía los deberes en un extremo de la mesa del comedor, un azucarero que estaba en el extremo opuesto voló hacia el vestíbulo, donde se rompió contra el suelo aparatosamente. El detective Briggs estaba presente en ese momento. A continuación un frasco de tinta, que también estaba sobre la mesa, se lanzó contra la pared y se hizo añicos, salpicando en todas direcciones. Enseguida fue imitado por una figura de porcelana que, después de recorrer más de tres metros y medio, se empotró contra el escritorio.

Viernes, 21 de febrero. Los Lombardo fueron a pasar el fin de semana con unos parientes con la idea de tranquilizarse un poco. Durante ese tiempo, todo volvió a la normalidad.

Domingo, 23 de febrero. Al volver los Lombardo otro azucarero levantó el vuelo: se dirigió a toda velocidad contra la pared y reventó en pedazos. Un poco después, un pesado buró de la habitación de Tom se puso patas arriba. Cuando ocurrió, no había nadie en la habitación.

Lunes, 24 de febrero. A estas alturas, el detective Briggs había consultado a un ingeniero, un químico y un físico, entre otros. Algunos opinaban que la causa del problema

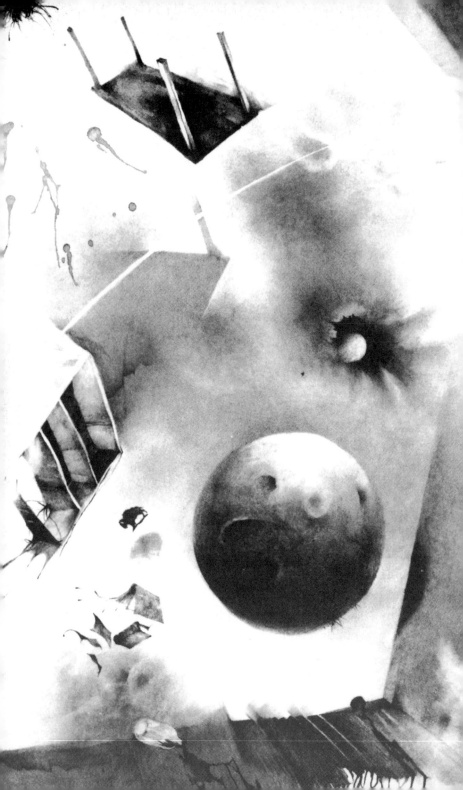

eran las vibraciones de la casa. Decían que podían deberse a aguas subterráneas, a las ondas de radio de alta frecuencia o al estruendo causado por los aviones. Otros decían que la verdadera razón eran las corrientes de aire que bajaban por la chimenea o, si no, la instalación eléctrica. Los descorchamientos de las botellas se achacaban a los productos químicos que contenían.

Las pruebas demostraron que en la casa no había ningún tipo de vibración; que la instalación eléctrica estaba bien; y que en las botellas y demás recipientes no había ningún producto químico que justificara los descorchamientos.

Entonces, ¿qué causaba el problema? Ninguno de los expertos lo sabía, pero los Lombardo recibían docenas de cartas y de llamadas todos los días de personas que decían tener la solución. Muchos creían que la casa estaba encantada: aseguraban que por allí rondaba un "poltergeist" (fantasma ruidoso al que se le echa la culpa si los objetos se mueven por cuenta propia).

Nadie ha demostrado la existencia de los "poltergeists", pero gente de muchos lugares ha contado historias sobre ellos durante siglos; y lo que contaban no se diferenciaba gran cosa de lo que sucedía en casa de los Lombardo.

El detective Briggs no sospechaba de los "poltergeists", por supuesto, sospechaba de Tom Lombardo. Cada vez que ocurría algo, Tom estaba en la habitación o por los alrededores. Cuando acusó a Tom de ser el causante del problema, Tom lo negó.

—No sé qué pasa —dijo—. Todo lo que sé es que me da miedo.

La gente comentaba que el detective Briggs era un policía implacable, dispuesto a denunciar a su propia madre si lo consideraba necesario. Sin embargo, creyó en la inocencia de Tom, y fue entonces cuando ya no supo qué pensar.

Martes, 25 de febrero. Un periodista entrevistó a la familia. Después se sentó solo en el salón, esperando a que ocurriera algo que pudiera añadir a su artículo.

La habitación de Tom estaba en frente del salón, cruzando el vestíbulo. Cuando el muchacho se fue a la cama dejó abierta la puerta de su habitación. De repente, el periodista vio que un globo terráqueo salía volando del cuarto de Tom y se estrellaba contra la pared. Levantándose de un salto, entró a la carrera: Tom estaba sentado en la cama, parpadeando, como si se acabara de despertar de un profundo sueño.

—¿Qué ha sido eso? —preguntó.

Miércoles, 26 de febrero. Por la mañana, una pequeña Virgen María de plástico flotó sobre el tocador del dormitorio del matrimonio Lombardo y se estrelló contra el espejo. Aquella noche, mientras Tom hacía los deberes, un tocadiscos de cuatro kilos se levantó de la mesa y voló por los aires unos cinco metros antes de destrozarse contra el suelo.

Viernes, 28 de febrero. Llegaron dos científicos de la Universidad Duke de Carolina del Norte. Eran parapsicólogos que estudiaban hechos similares a los de la casa de los Lombardo. Pasaron varios días hablando con la familia y examinando la casa, tratando de entender qué sucedía y cuál era la causa. Todo lo que ocurrió durante su visita fue que, una noche, se destapó una botella de lejía.

No comunicaron a la familia su teoría sobre el fenómeno. Según ellos, en estos casos, siempre había uno o varios "poltergeists" involucrados, pero estos "poltergeists" no eran fantasmas; eran adolescentes tan obsesionados con un problema, que transformaban sus emociones en algún tipo de vibración. Como esto ocurría en su subconsciente, no tenían ni idea de lo que estaba pasando; pero, de algún modo, la vibración salía de sus cuerpos y ponía en movimiento aquello con lo que chocaba. Esto sucedía una y otra vez, y no dejaba de pasar hasta que no se resolvía el problema.

Los científicos han dado nombre a este extraño poder. Lo llaman "psicokinesia", y consiste en la habilidad para mover objetos con el pensamiento, "el triunfo de la mente sobre la materia". Nadie sabe si realmente existe este poder ni cómo probarlo, pero la mayoría de los informes sobre "poltergeists" se refieren a familias con hijos adolescentes, y en la familia Lombardo había dos.

Lunes, 3 de marzo. Los parapsicólogos dijeron que prepararían un informe sobre sus indagaciones. El día después de su marcha, "el problema" volvió para vengarse.

Martes, 4 de marzo. Por la tarde, un florero que adornaba la mesa del comedor salió volando y se estampó contra el aparador; una botella de lejía se salió de su caja de cartón y se destapó; una estantería llena de enciclopedias se tumbó, empotrándose entre el radiador y la pared; una botella que estaba sobre una mesa flotó, voló y estalló contra una pared a cinco metros de distancia; por último, se oyeron cuatro fuertes golpes en la cocina cuando estaba vacía.

Miércoles, 5 de marzo. Mientras la señora Lombardo hacía la comida, oyó un estruendo en el salón. La mesita de café se había puesto patas arriba. Pero aquello fue el final de todo. Después de un mes de caos, la normalidad se restableció por fin.

*

En agosto, los dos parapsicólogos publicaron su informe. Dijeron que los Lombardo no se habían inventado nada, ni se habían imaginado nada. Su problema había sido real, pero ¿cuál fue la causa?

Aseguraron que no se habían utilizado trucos, ni bromas, ni magia. Como ya había hecho la policía descartaron las vibraciones del subsuelo o cualquier otra causa física.

La única explicación que no pudieron descartar fue la posibilidad de que un adolescente-poltergeist hubiera movido objetos con el poder de su mente. No tenían pruebas, pero era la única explicación que les quedaba.

Ellos pensaban que si había un "poltergeist", ése era Tom. Si tenían razón, si un muchacho normal como Tom podía transformarse en un "poltergeist", lo mismo podía ocurrirles a otros adolescentes… Lo mismo podría ocurrirte a ti.

¿Quieeeeeeeeén?

A continuación encontrarás:
cuatro fantasmas,
un monstruo fantasmal
y un cadáver.
Pero estas historias
son de risa,
no de miedo.

Desconocidos

Durante un viaje en tren, un hombre y una mujer se sentaron juntos por casualidad. La mujer abrió un libro y comenzó a leer. El tren se detuvo en media docena de estaciones, pero ella no levantó la mirada ni una sola vez.

El hombre, después de contemplarla un momento, preguntó:

—¿Qué está usted leyendo?

—Una historia de fantasmas —contestó ella—. Es muy buena, muy espeluznante.

—¿Usted cree en los fantasmas? —preguntó él.

—Claro que sí —respondió ella—. Hay fantasmas por todas partes.

—Pues yo no —dijo él—. No son más que un montón de supersticiones. Con todos los años que tengo y nunca he visto un fantasma. Ni uno.

—¡No me diga! —exclamó la mujer, mientras se desvanecía en el aire.

El cerdo

Arthur y Anne se enamoraron cuando iban al instituto. Los dos eran grandes, gordos y alegres; parecían hechos el uno para el otro. Pero, como a veces ocurre, las cosas no salieron bien.

Arthur se fue lejos y se casó con otra. Anne se quedó soltera y, años después, enfermó gravemente y murió. Algunos dijeron que la causa de su muerte fue que se le había roto el corazón.

Un día, Arthur pasaba por un pequeño pueblo, no lejos de donde él y Anne habían crecido, conduciendo su coche. Enseguida se dio cuenta de que le seguía un cerdo. Aunque acelerara, no podía librarse de él. Cada vez que miraba atrás, allí estaba el cerdo; Arthur empezó a irritarse.

Finalmente, no pudo soportarlo más. Paró el coche, se bajó, y le dio al gorrino un golpe fuerte y rápido en el hocico.

—¡Fuera de aquí, cosa gorda y sucia! —gritó.

Para su asombro el cerdo le habló y, lo que es más, le habló con la voz de Anne. "¡Es su fantasma!", pensó. "¡Ha vuelto como un cerdo!".

—No estaba haciendo nada malo, Arthur —dijo el cerdo—. Sólo había salido a caminar un poco a paso ligero, para divertirme. ¿Cómo puedes tratarme de este modo después de todo lo que hemos significado el uno para el otro?

Y, dicho eso, se dio la vuelta y se marchó trotando.

(Cuando cuentes esta historia, di las palabras del cerdo con voz aguda).

¿Se encuentra usted mal?

Un coche tuvo una avería a altas horas de la noche, en medio del campo. El conductor recordó haber pasado por una casa vacía pocos minutos antes. "Me quedaré allí", pensó, "por lo menos podré dormir un poco".

Con la madera que encontró en un rincón de la sala hizo un fuego en la chimenea. Se arropó con su abrigo y se quedó dormido. Poco antes del alba se apagó el fuego y el frío le despertó. "Pronto se hará de día", pensó. "Entonces iré a buscar ayuda".

Volvió a cerrar los ojos pero, antes de recuperar el sueño, le sobresaltó un terrible estruendo. Algo grande y pesado había caído por la chimenea. La cosa se quedó un momento tirada en el suelo; después se levantó y, desde lo alto, contempló al hombre con interés.

El hombre le echó una ojeada y salió corriendo despavorido. No había visto un engendro más horripilante en toda su vida. Se detuvo sólo lo necesario para saltar por una ventana. Después siguió corriendo y corriendo y corriendo, hasta que pensó que le iban a estallar los pulmones.

Mientras estaba en la carretera, jadeando y tratando de recuperar el aliento, sintió que algo le daba golpecitos en el hombro. Al volverse, se encontró con dos enormes ojos sanguinolentos que le contemplaban desde las descarnadas órbitas de una calavera. ¡Era el engendro horripilante!

—Disculpe —le dijo el espantoso ser—. ¿Se encuentra usted mal?

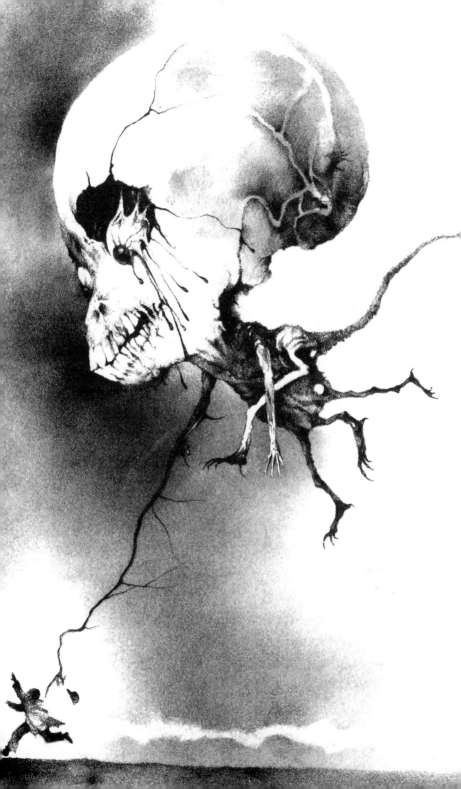

¡Es él!

La mujer era la persona más mezquina y miserable que te puedas imaginar. El marido era tan malo como ella. Lo único bueno era que vivían solos en el bosque y no podían hacerle daño a nadie.

Un día salieron a buscar leña para el fuego y la mujer se hartó tanto de su marido que agarró un hacha y le cortó la cabeza. Como lo oyes. Después lo enterró en una sepultura muy apañadita y volvió a casa.

Se preparó una taza de té y salió al porche. Se sentó, meciéndose en su mecedora, sorbiendo su té y pensando en lo contenta que estaba de haber hecho esa cosa tan horrible. Después de un rato, oyó a lo lejos una voz vieja y hueca que entre gemidos y gruñidos decía:

—¿Quieeeeeeeén va a quedarse conmigo en esta fría y solitaria noche? ¿Quieeeeeeeén?

"¡Es él!", pensó. Y, levantando la voz tanto como pudo, gritó:

—Quédate tú solo, ¡pedazo de carcamal!

Al instante, volvió a oír la voz, sólo que esta vez más cerca:

—¿Quieeeeeeeén se va a sentar a mi lado en esta fría y solitaria noche? ¿Quieeeeeeeén?

—Sólo un loco lo haría —gritó ella—. Siéntate tú solo, ¡rata de cloaca!

Entonces, escuchó de nuevo la voz, pero aún más cerca:

—¿Quieeeeeeeén va a acompañarme en esta fría y solitaria noche? ¿Quieeeeeeeén?

—Nadieeeeeeee —dijo ella mofándose—. Acompáñate tú solo, ¡gusano miserable!

A continuación, se levantó para entrar en la casa. Pero al darse la vuelta, oyó la voz justo a su espalda. Susurraba:

—¿Quieeeeeeeén va a quedarse conmigo en esta fría y solitaria noche? ¿Quieeeeeeeén?

Antes de que pudiera contestar, una mano enorme y espantosa salió por la esquina de la casa y la agarró, mientras la voz bramaba:

¡¡TÚ!!

(*Mientras lees la última línea, salta sobre alguno de tus amigos y agárralo*).

¡P-r-r-r-u-u-u-f-f-f!

Después de irse a la cama, Sarah vio un fantasma. Estaba sentado en la cómoda, contemplándola de hito en hito con los dos agujeros negros que ocupaban el lugar de sus ojos. Ella profirió un alarido y sus padres fueron rápidamente.

—Hay un fantasma sobre la cómoda —dijo temblando—. Me está mirando.

Cuando encendieron la luz, se había ido.

—Habrás tenido un mal sueño —dijo su padre—. Ahora, a dormir.

Pero en cuanto se fueron reapareció de inmediato, sentado sobre la cómoda, contemplándola. Ella se cubrió la cabeza con las mantas y se quedó dormida.

La noche siguiente se presentó de nuevo, esta vez colgado del techo. Seguía mirándola fijamente. Cuando Sa-

rah lo vio, lanzó un grito. Sus padres volvieron a entrar a la carrera.

—Está en el techo —dijo.

Al encender la luz vieron que no había nada.

—Es tu imaginación —dijo su madre y la abrazó.

Pero en cuanto se fueron allí estaba otra vez, observándola desde el techo. Sarah metió la cabeza debajo de la almohada y se durmió.

Regresó, vaya que sí, a la noche siguiente. De nuevo sentado en la cama, y mirándola fijamente. Sarah llamó a sus padres, que llegaron otra vez sin aliento.

—¡Está en mi cama! —dijo—. ¡Me mira y me mira!

Cuando encendieron la luz, no había nada.

—Te estás asustando por nada —dijo su padre. La besó en la nariz y la arropó.

—Ahora a dormir.

Pero en cuanto se fueron, allí estaba de nuevo, sentado en la cama, mirándola.

—¿Por qué me haces esto? —preguntó Sarah—. ¿Por qué no me dejas en paz?

El fantasma se puso los dedos en las orejas y se las dobló apuntando a Sarah. Después, entreabriendo los labios, sacó la lengua e hizo:

—¡P-R-R-R-U-U-U-F-F-F!

(Para hacer este ruido, pon la lengua entre los labios y sopla).

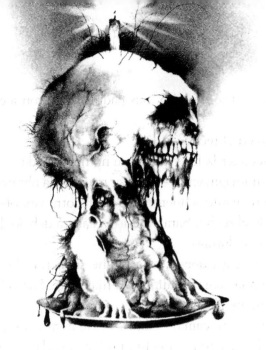

Tú puedes ser el siguiente

¿Has pensado al ver un muerto pasar,
que tú puedes ser el siguiente en palmar?
Te envolverán en un blanco sudario,
guardado para ti en aquel hondo armario.

Los gusanitos salen, los gusanitos entran,
felices de comerte tripas, dedos y orejas;
tus ojos, ¡ay!, encogen y tus dientes se mueven:
ya eres un esqueleto blanco como la nieve.

Notas y fuentes

Las fuentes citadas se describen en la Bibliografía.

EL BÚ

Los seres imaginarios que dan miedo tienen denominaciones muy variadas. A algunos de ellos, en Terranova se les llama "Boo men" (los "bú"), y son similares a los "bogarts" de Gran Bretaña, de donde son originarios muchos de los habitantes de Terranova, y a los "bogey men" y "boogeymen" de Estados Unidos. Véase Widdowson, *If You Don't Be Good*, pp. 157-60; Widdowson, "The Bogeyman".

La historia en la que una muchacha se encuentra un fantasma en un cementerio se cuenta en muchos lugares.

CUANDO LLEGA LA MUERTE

La cita. Esta historia es una versión de un antiguo cuento que normalmente se desarrolla en Asia. Un joven ve a la Muerte en el mercado de Damasco, la capital de Siria. Para escapar de su destino, huye a Bagdad o a Samarra, en el actual Irak.

La muerte, por supuesto, le espera allá donde vaya.

En algunas versiones la Muerte es una mujer y, en otras, un hombre. La misma historia ha sido contada de diferentes maneras por Edith Wharton, por el autor inglés W. Somerset Maugham, y por el escritor francés Jean Cocteau. El novelista americano John O'Hara tituló su primer libro *Una cita en Samarra*. Véase Woollcott, pp. 602-3.

La parada del autobús. Este cuento pertenece a la familia de historias sobre "autostopistas que se desvanecen"; en ellas, un fantasma vuelve con forma humana. Suele vérsele en la esquina de una calle, a altas horas de la noche o cuando hay tormenta, y alguien se ofrece a llevarlo a casa en coche. Pero antes de que el conductor llegue a su destino el pasajero desaparece. En "La parada del autobús", el fantasma que vuelve con forma humana permanece varias semanas así, antes de desaparecer.

La historia se basa en diversas versiones. Una es la recogida por Bárbara Carmer Schwartz en la década de 1940 en Delmar, Nueva York. Hay también una versión en la que el joven se vuelve loco cuando descubre que la joven es un fantasma. Véase Jones, *Things That Go Bump in the Night*, pp. 173-74.

En la antigua Roma se contaba una historia similar. Trataba sobre una joven llamada Philinnion. La joven moría y, seis meses después de su muerte, volvía con forma humana para estar con el hombre que amaba, el cual no tenía noticia de su fallecimiento. Cuando los padres de la joven se enteraban de que estaba viva, corrían a su encuentro, pero ella les acusaba de entrometerse en su "vida" y moría por segunda vez. Véase Collison-Morley, pp. 652-72.

El folclorista Jan Brunvand enumera muchas variantes del cuento del autostopista que se desvanece en *The Vanishing Hitchhiker*, pp. 24-40, 41-46.

También se han hecho, por lo menos, dos populares canciones sobre el tema: "Laurie (Strange Things Happen)", una canción pop-rock de los primeros años de la década de 1960 compuesta por Milton C. Addington, y "Bringing Mary Home", un tema de bluegrass compuesto en 1961 por Joe Kingston y M.K. Scosa. Ambas canciones seguían interpretándose cuando se escribió este libro.

Cada vez más rápido. Ésta es la versión de una historia que se contaba en la década de 1940 en los campamentos de verano de Nueva York o de Hew Hampshire. Ruth L. Tongue escribió una variante sobre el tema que recogió en 1964 en Berkshire, Inglaterra, en la que unos chicos de ciudad encuentran un viejo cuerno de caza en el bosque de Windsor. Cuando uno de ellos lo prueba para ver cómo suena, invoca sin querer a los fantasmas de una partida de caza y una flecha fantasmal, disparada por el fantasma de un cazador, acaba con él. Véase Tongue, p. 52.

Absolutamente delicioso. Ésta es una de las cientos de historias que forman parte de la familia de cuentos del "Hombre de la horca", o cuento tipo 366, según denominación de los folcloristas. Historias de esta clase se encuentran en Estados Unidos, Gran Bretaña, Europa Occidental, y en algunos lugares de África y Asia. Quizá la más conocida entre la población de habla inglesa sea "El hombre del brazo de oro". Véase una versión en Schwartz, *Tomfoolery*, pp. 28-30.

Estas historias proceden del antiguo cuento en que un hombre sin trabajo que no puede dar de comer a su familia llega, buscando alimento, a una horca en la que acaban de colgar a un criminal. Corta el corazón del ahorcado (o alguna otra parte del cuerpo) y se lo lleva a su casa. Esa noche su familia se da un banquete; pero, mientras duermen, aparece el fantasma del hombre de la horca para recuperar lo que le han robado. Al no encontrarlo, se lleva con él al ladrón. Véase Thompson, *The Folktale*, p. 42.

"Absolutamente delicioso" es una historia muy parecida. La versión se basa en narraciones que escuché hace años en el noreste de Estados Unidos, la primera de ellas a principios de la década de 1940. Louis C. Jones publicó una adaptación que se desarrolla en Nueva York, en la cual el marido se salva quitándole el hígado a su esposa y dándoselo al fantasma en lugar del que ella había robado. Véase Jones, *Things That Go Bump in the Night*, pp. 96-99.

¡Hola Kate! Esta historia está basada en una leyenda del suroeste de Munster, Irlanda. Véase Curtin, pp. 59-60.

El perro negro. La historia relata un hecho dado a conocer en el pueblo francés Bourg-en-Forêt en la década de 1920. Se dice que el espectral perro negro puede ser el fantasma de una persona malvada o un heraldo de la muerte. Véase Van Paassen, pp. 246-50.

Pasos. Esta historia es una adaptación libre de un cuento recogido en Anherst, Nueva Escocia, por la folclorista canadiense Helen Creighton. Véase Creighton, pp. 264-66.

Como los ojos de los gatos. Ésta es una adaptación de una historia que el autor inglés Augustus Hare escribió a finales del siglo XIX. En el cuento de Hare, el coche fúnebre era una carroza tirada por cuatro caballos. Véase Hare, pp. 49-50.

AL BORDE

Bess. La idea de esta historia surgió de una antigua leyenda europea. El folclorista suizo Max Lüthi la llamó "La muerte de Oleg" en honor al príncipe Oleg, que vivió en la actual Rusia hace casi dos mil años. Se dice que murió de la misma forma que John Nicholas en nuestra historia: a causa del veneno inoculado por la mordedura de una serpiente venenosa, escondida en el cráneo de un caballo de su propiedad.

Esta leyenda contiene temas recurrentes en la literatura popular: lo que parece débil puede llegar a ser fuerte, lo que parece imposible puede convertirse en posible, y el mayor peligro al que nos enfrentamos está dentro de nosotros mismos. Véase Lüthi, "Parallel Themes".

Harold. Varios cuentos populares y de ficción tratan sobre un muñeco u otra figura creada por una persona que, en un momento dado, cobra vida. Un ejemplo lo tenemos en la leyenda judía del Golem. En ella, un rabino da vida a una estatua de barro por medio de un encantamiento, pero tiene que destruirla cuando se vuelve incontrolable. En la novela de Mary Wollstonecraft Shelley, *Frankenstein*, un estudiante suizo descubre cómo revivir la materia muerta y el monstruo creado por él lo mata.

En el cuento de hadas griego "El caballero de avena" o "El señor Simigaldi", como una princesa no puede encontrar un buen esposo, crea uno a su medida mezclando un kilo de almendras, un kilo de azúcar y un kilo de avena (cereal parecido al maíz). Da a la mezcla la forma de un hombre y, en respuesta a sus plegarias, Dios da vida a la figura. Después de pasar muchas aventuras, los dos viven felices.

La historia "Harold" es una adaptación de una leyenda de Austria y Suiza. Véase Lüthi, *Once Upon a Time*, pp. 83-87.

La mano muerta. Esta leyenda se contaba en Lincolnshire, al este de Inglaterra, durante el siglo XIX. Sucedía en Lincolnshire Cars, en aquel entonces unas vastas marismas del Mar del Norte. Los vecinos del lugar las consideraban guarida de espíritus malignos. La historia es una adaptación resumida de M. C. Balfour, pp. 271-78.

Esas cosas que pasan. Ésta es una típica leyenda norteamericana en la cual una persona cree que está siendo atormentada por una bruja y trata de detenerla. En algunas versiones, el embrujado intenta matar a la bruja dibujando su retrato y disparándole una bala de plata o clavándole un clavo. Yo he adaptado y ampliado este tema, señalando el conflicto que puede surgir entre educación y superstición, cuando una persona educada siente que los acontecimientos que le afectan escapan por completo a su control. Véase en Thompson, "Granny Frone", *Folk Tales and Legends*, pp. 650-52; Cos, pp. 208-9; Radolph, *Ozark Magic*, pp. 288-90; Yarborough, p. 97.

A LO BESTIA

La niña loba. Esta leyenda del suroeste de Texas, acerca de una niña que crece salvaje, es similar a otras historias encontradas en muchas culturas.

La primera vez que oí hablar de la niña loba de Texas fue en 1975, mientras buscaba datos para otro libro en El Paso. Un trabajador jubilado de ochenta años o más, Juan de la Cruz Machuca, me contó la historia.

Su versión coincide parcialmente con la referida en "La chica lobo del Río del Diablo", un artículo de L. D. Bertillion, publicado en 1937. Véase Bertillion, pp.79-85. Mi relato se basa en narraciones orales y en ese artículo.

Bertillion comienza la historia en el momento en que el trampero Dent se enamora de Mollie Pertul en Georgia. Poco después mata a su compinche en una reyerta de tramperos y huye lejos. Un año más tarde vuelve a buscar a Mollie; ambos se escabullen a Texas y se establecen cerca del Río del Diablo. Allí, Mollie da a luz a una criatura que será conocida más adelante como la niña loba.

Actualmente se han represado las zonas del Río del Diablo y del Río Grande, donde se decía que se había visto deambular a la niña loba, para hacer un pantano y una zona de recreo.

Una de las leyendas más antiguas de niños criados por lobos es la famosa historia de los gemelos Rómulo y Remo. Se dice que su madre los dejó en una cesta, a orillas del río Tíber, en el antiguo Lacio. Cuando la cesta estaba a punto de hundirse, una loba los salvó y los amamantó, hasta que un pastor se hizo cargo de ellos. Según cuenta la leyenda, Rómulo fundó Roma en el lugar del Tíber donde fueron rescatados.

En la historia "El hermano de Mowgli", Rudyard Kipling escribe acerca de un niño indio de muy corta edad que se mete en una guarida de lobos y es criado por ellos. Véase Kipling, pp. 1-43.

Una moderna leyenda de Ozark Mountains, en Arkansas, trata del mismo tema. Cuenta la historia de un matrimonio de granjeros y su hijo de cinco meses. Un día, mientras segaban maíz, la madre dejó al bebé en el suelo y cuando volvió a recogerlo ya no estaba. Años después, empezaron a robarles gallinas de la granja. La pareja no sabía si se las llevaba una persona o un animal ni cómo evitar los robos. Una noche, el marido descubrió que el ladrón era un muchacho desnudo. Le siguió hasta una cueva y, al entrar, le encontró junto a una loba vieja y enferma que devoraba la gallina robada. El muchacho le gruñó como un lobo, pero el granjero se las arregló para llevárselo de allí. Naturalmente, se trataba de su hijo. Véase Parler, p.4.

Hay también historias sobre jóvenes que crecieron como animales salvajes por una de las siguientes causas: sus padres los abandonaron, o se perdieron y fueron dados por desaparecidos o sobrevivieron a un naufragio en algún lugar aislado. Una de ellas se basa en un hecho real, ocurrido en el sur de Francia, aproximadamente de 1795 a 1800. Es la historia del muchacho salvaje de Aveyron, que vivió por sus propios medios en plena naturaleza durante esos cinco años hasta que fue capturado. Véase Shattuck.

En California hay dos leyendas de este tipo. Una cuenta la historia de una niña de dos años que, a principios del siglo XX, navegaba en un velero que se hundió y llegó sana y salva a una isla lejos de Santa Bárbara. Años después unos hombres que cazaban cabras salvajes en la isla descubrieron a una joven que saltaba y brincaba como las cabras. La encontraron agachada al fondo de una cueva llena de huesos de los animales que habían sido devorados. La historia continúa diciendo que la llevaron a la península, donde fue identificada como la niña desaparecida. No se tiene constancia de lo que fue de ella después. Véase Fife, p. 150.

La otra leyenda trata de una muchacha de origen norteamericano que fue abandonada cuando su tribu se marchó de San Nicholas Island, a 112 kilómetros de Santa Bárbara en 1835. Se dice que vivió sola durante dieciocho años, hasta que fue rescatada. La novela de Scott O'Dell, *Island of the Blue Dolphins*, está basada en esta historia. Véase Ellison, pp. 36-38, 77-79; O'Dell.

CINCO PESADILLAS

El sueño. Algunos sueños se hacen realidad porque es lógico que así sea. Para encontrar ejemplos véase Schwartz, *Telling Fortunes*, pp. 57-64. Pero este sueño es un rompecabezas. La historia está basada en una experiencia de Augustus Hare, publicada en la autobiografía, p. 302.

La nueva mascota de Sam. Oí esta historia en Portland, Oregón, en 1987. Era una de las muchas versiones que se contaban en esa época. El folclorista Jan Brunvand tituló una de sus colecciones de leyendas modernas *The Mexican Pet*. En ella adapta una variante de 1984 procedente de Newport Beach, California, así como otras versiones. Véase pp. 21-23.

El especialista en folclore Gary Alan Fine sugiere que esta leyenda refleja el odio que los trabajadores de Estados Unidos sentían por los trabajadores de México que pasaban ilegalmente la frontera, y competían con ellos en conseguir trabajos que los estadounidenses consideraban exclusivamente de su propiedad. Los mexicanos están representados por una mascota que resulta ser una rata. Hace mención a una leyenda francesa similar que refleja, en este caso, el odio de algunos hacia trabajadores de África y de Oriente Próximo. Véase Fine, pp. 158-59.

A lo mejor te acuerdas... Así termina la historia: en cuanto el médico del hotel vio a la señora Gibbs, supo que estaba a punto de morir. Tenía un tipo de peste: una terrible enfermedad que causaba la muerte rápidamente y producía epidemias devastadoras. Si se divulgaba que una mujer había muerto de peste en el corazón de París, se desataría la histeria colectiva. La gente del hotel y de otros lugares querría marcharse lo más rápidamente posible. El médico conocía los deseos de los propietarios del hotel: debía guardar el caso en secreto. De otro modo perderían montones de dinero.

Para librarse de Rosemary, el médico la mandó a la otra punta de París, a buscar una medicina inútil. Como esperaba, la señora Gibbs murió poco después de su marcha. Su cuerpo fue sacado clandestinamente del hotel y llevado a un cementerio, donde fue enterrado. Un equipo de obreros repintó rápidamente la habitación y cambió todo lo que había en ella.

Los recepcionistas tenían órdenes de decirle a Rosemary que se había equivocado de hotel. Cuando insistió en ver la habitación, ésta ya había sido transformada en otra diferente y, desde luego, su madre había desaparecido. Todos los implicados habían sido advertidos de que perderían sus trabajos si desvelaban el secreto.

Para evitar que cundiera el pánico en la ciudad, la policía y los periodistas acordaron no decir nada sobre la muerte. No se archivó ningún informe policial ni se publicó ninguna noticia al respecto. Fue como si ni la madre de Rosemary ni su habitación de hotel hubieran existido nunca.

En otra variación de la historia, Rosemary y su madre tienen habitaciones separadas. La señora Gibbs muere durante la noche mientras Rosemary duerme. Se llevan el cadáver, pintan la habitación de otro color y cambian todo lo que hay en ella.

Cuando, a la mañana siguiente, Rosemary pregunta por su madre, le dicen que en el momento de registrarse en el hotel, estaba sola. Después de investigar durante muchos meses, un amigo, un pariente o la misma joven, encuentra a un empleado del hotel que, mediante un soborno, revela la verdad.

Esta leyenda inspiró una película en 1950, *So Long at the Fair*, y dos novelas, una de ellas publicada nada menos que en 1913. Pero la historia es aún más antigua. El escritor Alexander Woollcott descubrió que había sido publicada como una historia real en 1911, en el *London Daily Mail*, en Inglaterra, y en 1889, en el *Detroit Free Press*, en Estados Unidos. A raíz de estas publicaciones se hizo conocida en Europa y Estados Unidos. Véase Woollcott, pp. 87-94; Briggs y Tongue, p. 98; Burnhan, pp. 94-95.

La mancha roja. En Estados Unidos y Gran Bretaña hay más de una variante de esta leyenda. En realidad, las arañas dejan sus huevos en capullos, o sacos para los huevos, que tejen con la seda que ellas mismas segregan, y los protegen en lugares apartados. El folclorista Brunvand sugiere que leyendas como éstas se sustentan en el extendido temor a tener el cuerpo invadido por estas criaturas. Véase Brunvand, *The Mexican Pet*, pp. 76-77.

¡No, gracias! Esta historia adapta libremente una noticia aparecida en *The New York Times*, el 2 de marzo de 1983. Véase p. C2.

¿QUÉ PASA AQUÍ?

El problema. Cuando no se pudo encontrar razón alguna para los extraños sucesos acaecidos en esta historia, mucha gente se preguntó si el responsable no sería un fantasma ruidoso y travieso llamado "poltergeist".

Historias de casas invadidas por "poltergeists" han estado presentes en nuestro folclore durante siglos. Se dice que estos fantasmas hacen que los objetos vuelen y los muebles bailen, tiran de las sábanas y las mantas deshaciendo las camas y cotorrean y refunfuñan mientras hacen toda clase de travesuras.

En un rancho de Cisco, Texas, en 1881, algo o alguien tiraba piedras, abría cerraduras sin usar llaves, hacía que escurriesen huevos crudos por las grietas del techo y maullaba como un gato. Se examinaron las personas y las cosas como en "El problema". Algo de lo ocurrido pudo ser obra de un bromista, pero la mayor parte de lo que pasó no tenía explicación, a no ser que un "poltergeist" hubiera estado rondando por allí. Véase Lawson y Porter.

A los psicólogos, como los de nuestra historia, les preocupa el desconocimiento sobre los posibles poderes mentales de los humanos. La psicokinesia y la percepción extrasensorial (conocidas en lengua inglesa por las siglas PK y ESP, respectivamente) son ejemplos de estos poderes."El problema" está basado en noticias publicadas en el periódico *The New York Times*, la revista *Life* y otras publicaciones.

Para historias de "poltergeists" o información de investigaciones sobre el tema, véase Carrington y Fodor, Creighton, Haynes, Hole y Rogo.

¿QUIEEEEEEEÉN?

Desconocidos. Esta breve historia se cuenta en Estados Unidos y en Gran Bretaña. Se puede desarrollar en escenarios muy diferentes, incluyendo un campo de nabos y un museo.

El cerdo. Se dice que los fantasmas aparecen adoptando diferentes formas: como animales (un cerdo en nuestra historia); como bolas de fuego y otro tipo de luces; como seres humanos vivos y como espectros. Algunos fantasmas, sin embargo, permanecen invisibles, dando a conocer su presencia únicamente con actos y ruidos.

La historia de una mujer que vuelve con forma de cerdo adapta y amplía un cuento de fantasmas canadiense, originario de Prince Edward Island. Véase Creighton, p. 206.

¿Se encuentra usted mal? Esta historia es la ampliación de un resumen de un cuento de fantasmas afroamericano de Jones "The Ghosts of New York", p. 240. Se trata de un cuento de terror narrado en tono de broma, en el que hay un encuentro con un terrible monstruo. En el cuento de Jones, el monstruo es un asesino lunático evadido que, cuando alcanza al hombre que huye, grita: "¡Corre que te pillo!" véase Schwartz, *Tomfoolery*, p. 93, p. 116.

¡Es él! Este cuento se inspira en la familia de historias sobre "El hombre de la horca". Adapta dos narraciones: una de la zona de Cumberland Gap, Kentucky (véase Roberts, pp. 32-33) y otra del archivo de folclore de la Universidad de Pensilvania. Fue recogida por Emory L. Hamilton, en Wise, Virginia, de boca de Etta Kilgore el año 1940. Véase la nota de la historia "Absolutamente delicioso".

¡P-R-R-R-U-U-U-F-F-F! Esta historia amplía una broma que se hacen los niños.

Tú puedes ser el siguiente… Esta parodia de la famosa "La canción del coche fúnebre" proviene de la colección de folclore de la Universidad de Massachussets. Fue una aportación de Susan Young de Chelmsford, Massachussets, en 1972. Para una variante de la canción tradicional y sus antecedentes, véase Schwartz, *Historias de miedo 1*.

Bibliografía

LIBROS

Briggs, Katharine M. *A Dictionary of British Folktales.* 4 vols. Bloomington, Ind.: University Press, 1967.

——, and Ruth L. Tongue. *Folktales of England.* Chicago: University of Chicago Press, 1965.

Brunvand, Jan H. *The Mexican Pet: More New Urban Legends and Some Old Favorites.* New York: W. W. Norton & Company, Inc., 1986.

The Vanishing Hitchhiker: American Urban Legends and Their Meanings. New York: W. W. Norton & Company, Inc., 1981.

Burnham, Tom. *More Misinformation.* New York: Lippincott & Crowell, Publishers, 1980.

Carrington, Hereward, and Nandor Fodor. *Haunted People: Story of the Poltergeist Down the Centuries.* New York: New American Library, Inc., 1951.

Collison-Morley, Lacy. *Greek and Roman Ghost Stories.* Oxford: B. H. Blackwell, 1912.

Creighton, Helen. *Bluenose Ghosts.* Toronto: Ryerson Press, 1957.

Curtin, Jeremiah. *Tales of the Fairies and the Ghost World: Irish Folktales from Southwest Munster.* London: David Nutt, 1985.

Ellison, William H., ed. *The Life and Adventures of George Nidever, Berkeley, Cal.*: University of California Press, 1937.

Hare, Augustus. *The Story of My Life.* London: George Allen & Unwin Ltd. An Abridgment of Vols. 4, 5, and 6,, George Allen, 1900.

Haynes, Renee. *The Hidden Springs: An Enquiry into Extra-Sensory Perception*, rev. ed. Boston: Little, Brown and Company, 1973.

Hole, Christina. *Haunted England: A Survey of English Ghost-Lore.* London: P.T. Batsford Ltd., 1940.

Johnson, Clifton. *What They Say in New England and Other American Folklore.* Boston: Lee and Shepherd, 1896. Reprint edition, Carl A. Withers, ed. New York: Columbia University Press, 1963.

Jones, Louis C. *Things That go Bump in the Night.* New York: Hill and Wang, 1959.

Kipling, Rudyard. *The Jungle Book.* New York: Harper and Brothers, 1893.

Lüthi, Max. *Once Upon a Time: On the Nature of Fairy Tales.* Bloomington, Ind.: Indiana University Press, 1976.

O'Dell, Scott. *Island of the Blue Dolphins.* Boston: Houghton Mifflin Company, 1960.

Randolph, Vance, *Ozark Superstitions*. New York: Columbia University Pres, 1947. Reprint edition, *Ozark Magic and Superstitions*. New York: Dover Publications, Inc., 1964.

Roberts, Leonard. *Old Greasybeard: Tales from the Cumberland Gap*. Detroit: Folklore Associates, 1969. Reprint edition, Pikesville, Ky.: Pikesville College Press, 1980.

Rogo, D. Scott. *The Poltergeist Experience*. Harmonds Worth, England: Penguin Books Ltd., 1979.

Schwartz, Alvin. *More Scary Stories to Tell in the Dark*. New York: J. B. Lippincott, 1984.

——. *Scary Stories to Tell in the Dark*, New York: J. B. Lippincott, 1981.

——. *Telling Fortunes: Love Magic, Dream Signs, and Other Ways to Tell the Future*. New York: J. B. Lippincott, 1987.

——. *Tomfoolery: Trickery and Foolery with Words*. Philadelphia: J. B. Lippincott Company, 1973.

Shattuck, Roger. The Forbidden Experiment: *The Story of the Wild Boy of Aveyron*. New York: Farrar, Straus & Giroux, Inc.,1980.

Shelley, Mary Wollstonecraft, *Frankenstein, or the Modern Prometheus*. Indianapolis: The Bobbs-Merrill Company, Inc., 1974.

Thompson, Stith. *The Folktale*. Berkeley, Cal.: University of California Press, 1977.

——, ed. *Folk Tales and Legends*. The Frank C. Brown Collection of North Carolina Folklore, Vol. 1. Durham, N.. C.: Duke University Press, 1952.

Tongue, Ruth L. *Forgotten Folk-Tales of the English Counties*. London: Routledge & Kegan Paul Ltd., 1970.

Van Paassen, Pierre. *Days of Our Years*. New York: Hillman-Curl, Ind., 1939.

Widdowson, John. *If You Don't Be Good: Verbal Social Control In Newfoundland*. St. John's Newfoundland: Memorial University of Newfoundland, 1977.

Woollcott, Alexander: *While Rome Burns*. New York: The Viking Press, Inc., 1934.

Yarborough, Willard, ed. *The Best Stories of Bert Vincent*. Knoxville, Tenn.: Brazos Press, 1968.

ARTÍCULOS

Balfour, M. C. "Legends of the Lincolnshire Cars, Part 2." *Folklore* 2 (1981): 271-78.

Bertillion, L. D "The Lobo Girl of Devil's River." *Straight Texas*. Publications of the Texas Folklore Society 13 (1937): 79-85.

Cox, John Harrington. "The Witch Bridle". *Southern Folklore Quarterly* 7 (1943): 203-9.

Fife, Austin E. "The Wild Girl of the Santa Barbara Channel Islands". *California Folklore Quarterly* 2 (1943): 149-50.

Fine, Gary Alan. "Mercantile Legends and the World Economy: Dangerous Imports from the Third World". *Western Folklore* 48 (1989): 153-62.

Graves, Robert. "Praise Me and I Will Whistle to You". *The New Republic*, Sept. 1, 1958, 10-15.

Jones, Louis C. "The Ghosts of New York: An Analytical Study." *Journal of American Folklore* 57 (1944): 237-54.

Lawson, O. G., and Kenneth W. Porter. "Texas Poltergeist, 1881". *Journal of American Folklore* 64 (1951): 371-82.

Lüthi, Max. "Parallel Themes in Folk Narrative and in Art Literature". *Journal of American Folklore Institute* 6 (1967): 3-16.

The New York Times. Artículos de 1958 que describen los incidentes narrados en "El problema", una historia de este libro: febrero, días 3, 6, 7, 9, 20, 22, 24, 25, 27; marzo 6, 26, 29.

———. "Stranger in the Night." Metropolitan Diary, mar. 3, 1982, C2.

Parler, Mary Celestia. "The Wolf Boy". *Arkansas Folklore* 6 (1956): 4.

Wallace Robert. "House of Flying Objects". Life, mar. 17, 1958, 49-58. Describe los incidentes de la historia "El problema".

Ward, Donald. "The Return of the Dead Lover: Psychic Unity and Polygenesis Revisited". *Folklore on Two Continents: Essays in Honor of Linda Dégh*, 310-17. Eds.: Nikolai Burlakoff and Carl Lindahl. Bloomington, Ind.: Trickster Press, 1980.

Widdowson, John. "The Bogeyman: Some Preliminary Observations on Frightening Figures". *Folklore* 82 (1971): 90-115.

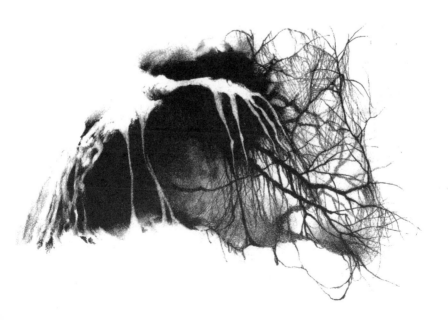

Agradecimientos

Doy las gracias a todos los chicos, y han sido muchos, que me han pedido este tercer libro de historias de miedo. Espero que les guste. También quiero expresar mi agradecimiento a las personas que han compartido conmigo sus historias y a los bibliotecarios y archiveros de folclore de la Universidad de Maine, Orono, de la Universidad de Pensilvania y de la Universidad de Princeton por su inestimable ayuda en mis investigaciones. Doy las gracias asimismo a Joseph Hickerson de la Biblioteca del Congreso, por su identificación de música popular basada en la leyenda del "autostopista que se desvanece" y, como siempre, estoy en deuda por sus muchas contribuciones, con mi esposa y colega Bárbara Carmer Schwartz.

Alvin Schwartz